ANTOINE

ET

MAURICE.

IMPRIMERIE DE FAIN, PLACE DE L'ODÉON.

ANTOINE

ET

MAURICE.

Ouvrage qui a obtenu le prix proposé par la Société Royale pour l'amélioration des prisons, en faveur du meilleur livre destiné à être donné en lecture aux détenus.

PAR M. L. P. DE JUSSIEU.

Sera nunquam est ad bonos mores via.
Pour revenir au bien il n'est jamais trop tard.
SÉNÈQUE.

A PARIS.

CHEZ L. COLAS, IMPRIMEUR-LIBRAIRE,
RUE DAUPHINE, N°. 32.

Mars 1821.

À son Altesse Royale

MONSEIGNEUR,

Duc d'Angoulême,

PRÉSIDENT DE LA SOCIÉTÉ ROYALE POUR L'AMÉLIORATION
DES PRISONS.

Monseigneur,

J'ai écrit dans l'intention de
consoler des malheureux et de

ramener des coupables; j'ai osé espérer que votre Altesse Royale daignerait accorder à mon faible travail l'appui de son auguste nom. Ce n'est qu'après avoir obtenu cette haute faveur qu'il m'a été permis de croire que mon but pourrait être atteint. A la vue de ce nom qui promet les bienfaits et inspire l'amour du bien, mes infortunés lecteurs sentiront leurs âmes s'ouvrir à la piété et à l'espérance, et leurs bénédictions

rendront mon hommage plus digne
du Prince généreux qui daigna
l'agréer.

Je suis avec un profond respect,

Monseigneur,

De votre Altesse Royale,

Le très-humble et très-obéissant
serviteur,

L.-P. DE JUSSIEU.

ANTOINE

ET

MAURICE.

~~~~~~

INTRODUCTION.

Fête d'Antoine; tableau de sa famille; Antoine promet
de raconter l'histoire de sa vie.

C'ÉTAIT le jour de la fête du bon Antoine;
sa femme et ses deux enfans avaient rassem-
blé leurs amis, pour lui donner une agréable
surprise. Pendant qu'il était allé, avec deux
de ses ouvriers, poser une grille de fer dans
un hôtel de la ville, on avait dressé la table
pour un repas de quinze personnes; on avait
préparé des bouquets, et le meilleur vin de
la cave était monté pour faire honneur aux
convives appelés à cette fête de famille. Ils
étaient tous arrivés, lorsque rentrant dans
son faubourg après avoir fini l'ouvrage de la

journée, Antoine revint joyeusement à la
maison, à l'heure du dîner. On fit un grand
silence quand on l'entendit approcher de la
porte de l'appartement en fredonnant une
petite chanson : il entre; sa femme, ses enfans, ses amis viennent se jeter tour à tour
à son cou; il ne savait où il en était, et ce ne
fut qu'après avoir embrassé tout le monde,
qu'il s'avisa de se rappeler que c'était la Saint-
Antoine. Alors il tira de sa poche son mouchoir de couleur, s'essuya les yeux en disant :
« Ma pauvre femme! Mes bons enfans! Mes
chers amis! » et il ne trouva pas autre chose
à dire. Quiconque a un bon cœur s'est vu
quelquefois dans le même cas, n'ayant plus
de paroles quand il aurait eu beaucoup de
choses à exprimer.

Lorsque ce père de famille fut un peu revenu de son émotion, et qu'il se fut débarrassé
des gros bouquets dont on avait rempli ses
mains, il invita ses amis à se mettre à table.
Il voulut aussi que les ateliers fussent fermés
afin que les ouvriers pussent venir prendre
part à la fête. Elle fut joyeuse et décente;
chacun était animé, mais beaucoup plus par

le plaisir que par le vin, car qui eût osé n'être pas sobre dans la maison d'Antoine?

Antoine était un modèle de vertu dans le quartier qu'il habitait. Sa femme était la plus heureuse de tout le faubourg ; ses enfans les mieux élevés et les plus sages, parce qu'ils avaient les meilleurs exemples sous les yeux. Il y avait de l'aisance dans la maison ; on y faisait bonne chère sans s'y livrer jamais à aucun excès. Distingué dans sa profession de serrurier, Antoine avait autant d'ouvrage qu'il en pouvait faire, et employait un assez grand nombre d'ouvriers, qui faisaient sous lui l'apprentissage des bonnes mœurs en même temps que celui de leur état. Si l'on avait besoin d'un bon conseil, c'était à Antoine qu'on venait le demander, et personne ne s'était jamais repenti d'avoir agi d'après son avis ; car son avis était dicté par la justice, et l'on a beau dire, la justice finit toujours par avoir raison. Personne, en présence d'Antoine n'eût osé se permettre de médire, de jurer ou de tenir de mauvais propos ; il n'y avait pas de menteur si déterminé qui eût pu s'empêcher de rougir et de se trahir en le regardant en face. Ce n'étaient pas seulement ses inférieurs qui le respectaient, ses égaux qui l'estimaient, il jouissait encore de la considération des personnes distinguées qui avaient été à portée de le connaître lorsqu'il avait travaillé pour elles. Antoine, enfin, était un de ces hommes qui rendent leur profession respectable en se faisant respecter eux-mêmes; tant il est vrai qu'il dépend de chacun d'être honoré, en agissant en tous points sur des principes honorables.

Je laisse à penser d'après ce portrait la manière dont chacun des convives crut devoir se conduire pour célébrer dignement la fête du bon Antoine. Il ne se peut rien de plus édifiant que ce que fut cette journée. Au dessert, on servit une large tourte et une bouteille de vin de Chablis. Un ancien ami, qui était aussi un maître homme en fait d'expérience et de vertu, prit la bouteille, versa du vin à la ronde et porta la santé d'Antoine qui fut bue d'un seul trait. Puis le vieillard prenant la parole : « Mon cher Antoine, dit-il, tu vois mes yeux humides; que cela ne te surprenne pas. Moi qui connais l'histoire de ta vie, songe à ce que je dois ressentir en ce moment. Le bonheur que j'éprouve à te voir heureux, après tout ce que tu as fait pour le devenir, est la consolation de mes vieux jours, et ma dernière jouissance sera d'avoir les yeux fermés par toi. Mais quand je pense à quoi il a tenu que je ne te connusse jamais, et peut-être que tu ne fusses jamais digne de fermer les yeux d'un vieil ami vertueux, les miens se remplissent de larmes et je frissonne malgré moi. — Oh! mon ami, s'écria Antoine en se jetant dans les bras du vieillard, ce que vous dites est bien vrai; je suis heureux, mais il m'a fallu, pour le devenir, beaucoup de volonté, de persévérance, et obtenir un grand triomphe. Je suis une leçon vivante de ce que l'homme peut sur lui-même, et des moyens qui lui sont donnés pour vaincre l'adversité et ses propres penchans. —Cette leçon, reprit le vieillard pourrait être utile, et je voudrais qu'elle fût offerte aux hommes. Mon ami, avant de mourir, je veux t'entendre raconter encore une fois l'histoire de ta vie, je désirerais voir quel effet un tel récit serait capable de produire sur ces hommes faits

et sur ces jeunes gens qui nous écoutent. —
Mais puis-je en présence de mes enfans? —
Pourquoi non? Tu leur dois ton expérience,
tu peux parler devant eux.» — Un cri s'éleva
tout autour de la table : « Père Antoine!
racontez-nous vos aventures. — Ce récit serait un peu long, mes chers amis, répondit
Antoine, et comme cette histoire est remplie
de malheurs, je ne veux pas choisir un jour
de fête pour la commencer. Mais si vous le
désirez, nous nous réunirons les jours suivans, et je m'engage à entreprendre demain
soir ma relation. Ne vous étonnez pas si vous
ne me voyez point rougir en vous racontant
des actions honteuses dont je fus l'auteur :
je les ai expiées par de longues infortunes;
et grâces à Dieu, je suis revenu à la vertu.
Je vous exposerai mes fautes avec franchise,
et je garderai en les confessant l'attitude d'un
homme qui a fait pénitence, et qui espère
avoir obtenu grâce de Dieu comme il l'a ob-
tenue de la société. Puisse mon exemple être
utile à ceux d'entre vous qui sont jeunes; ré-
pétez mes paroles à vos compagnons, et s'ils
en profitent ainsi que vous, ce sera pour

moi un nouveau motif de remercier le Dieu
de bonté qui m'a remis sur la bonne voie, et
qui m'a conduit au bonheur par le chemin
de la vertu. »

Il fut convenu qu'on se réunirait le soir
du jour suivant pour entendre le récit des
aventures d'Antoine, et lorsque chacun se
retira, après avoir célébré la fête de ce digne
homme, chacun emporta un doux souvenir
et une vive curiosité. Le lendemain le bon
vieillard était arrivé le premier ; il fut bientôt suivi des autres auditeurs. On forma un
grand cercle autour du foyer ; les femmes
tirèrent des poches de leurs tabliers divers
ouvrages de couture ; les hommes dirent
chut ! et le bon Antoine, placé au coin de
la cheminée à l'une des extrémités du cercle,
prit la parole et s'exprima en ces termes.

PREMIÈRE SOIRÉE.

Premières années et premiers crimes d'Antoine ;
dangers d'une mauvaise liaison.

MA femme, mes enfans, mes chers amis,
vous me regardez en ce moment comme un
objet d'édification ; j'espère que vous ne rou-
girez point pour moi des faits que je vais
avouer devant vous. Avant de commencer
l'histoire de ma vie, que je raconte aujour-
d'hui pour la dernière fois, permettez que
je demande encore pardon à Dieu de mes
fautes, et que j'élève vers lui des actions de
grâces pour ses bienfaits et pour la miséricorde qu'il a étendue sur moi.

Je suis né à Rennes. Mon père était un
honnête maçon pauvre et sans instruction,
mais qui n'en avait que plus de mérite à être
probe et vertueux. Il ne me procura pas plus
d'éducation qu'il n'en avait reçu lui-même ;
il travaillait à force pour me donner de quoi
vivre, et ne songeait pas à me fournir les

moyens de gagner le pain qu'il ne devait pas pouvoir me donner toujours, et que j'aurais dû lui rendre à mon tour. Bon et malheureux père! Il était loin de prévoir quelles seraient les suites de cette fatale négligence! Les enfans pas plus que les hommes ne peuvent rester à rien faire, et s'ils ne font pas le bien, ils s'occupent inévitablement à faire le mal. Oisif et ignorant, je ne tardai pas à devenir un petit mauvais sujet fort importun à tout le quartier, et ces tristes dispositions ne firent que s'accroître à mesure que j'acquérais des années. Je n'étais malheureusement pas le seul de mon espèce dans la ville, et je ne manquais pas de camarades qui ne valaient guère mieux que moi. L'un deux nommé Maurice Robineau fut celui vers lequel je me sentis le plus entraîné : ce fut une fatalité pour moi; car, je dois le dire avec autant de franchise que je conviendrai de mes torts, je n'avais pas un mauvais naturel, et peut-être, avant que je fusse tout-à-fait perdu, aurait-il fallu peu de chose pour me ramener au bien. Mais ma liaison avec Maurice décida de mon sort. Il est difficile de calculer

tous les déplorables effets que peut avoir une
mauvaise connaissance. Maurice était un peu
plus âgé que moi; il était plus riche, c'est-
à-dire que son père, artisan habile, gagnait
plus d'argent que le mien; et Maurice en
avait toujours dans ses poches pour jouer
aux palets, au bouchon, et pour boire un
verre d'eau-de-vie. Il ne me venait pas dans
l'idée de m'enquérir par quel moyen il se
le procurait, et j'eus dans le principe la sim-
plicité de croire que c'était son père qui le
lui donnait pour se divertir. Cela me paraissait admirable, et il m'arriva de murmurer de
ce que je n'étais pas traité de même et n'a-
vais jamais le sou.

Lorsque je fus parvenu à l'âge de quatorze
ans, mon père pensa à me faire travailler
avec lui; mais j'y étais peu disposé, et, sans
oser me révolter ouvertement contre sa volonté, je trouvais sans cesse quelque prétexte
pour abandonner mon ouvrage et pour aller
rejoindre Maurice. Notre lieu de rendez-
vous était un petit cabaret dans une rue
obscure. On aurait dû nous en chasser comme
de petits drôles que nous étions; mais Mau-

rice payait, et quel est le cabaretier qui mettrait à la porte un homme qui paie, dût-il mourir ivre sous un banc? Nous prenions tous deux le goût du vin et de l'eau-de-vie à un degré qui s'élevait de plus en plus.

Je fus fort étonné lorsqu'un jour, après avoir bu, mon camarade me dit ; « Antoine, as-tu de l'argent pour payer ? — Non vraiment, tu sais bien que je ne puis en avoir. — Eh! bien il faudra qu'on nous fasse crédit, car je suis à sec comme notre bouteille. Mais tu es un imbécile de n'avoir pas d'argent. — Tu te moques de moi ; comment veux-tu que j'en aie? je ne fais rien pour en gagner, et mon père n'a jamais la bonne pensée de m'en donner. — Bon, tu parles comme un monsieur, est-ce que nos pères, à nous, nous donnent de l'argent ? — Quoi! Et où prends-tu donc celui que tu as ordinairement ? — Ah! ah! je sais où est le coffre-fort. — Tu.... » Je ne pus achever, et je le dirai encore, la pensée qui s'offrit à mon esprit me fit horreur. Maurice lisant au fond de mon cœur, en était déjà au point de ne plus rougir, et se mit à rire de mon reste de probité.

— « Nigaud, me dit-il, tu n'es encore qu'un enfant. Ma foi, tu t'en tireras comme tu pourras; mais pour cette fois c'est ton tour; et tu paieras : il n'y a plus rien chez nous dans le coffre-fort. » Nous sortîmes et il dit au marchand de vin. « C'est Antoine qui paie aujourd'hui, mais il vous prie de lui faire crédit. — Très-volontiers. » Hélas! C'est encore là une perfidie de ces cruelles gens. Combien de malheureux ont-ils ruinés par un semblable crédit! — Maurice me fit une belle harangue avant de me quitter; et moi j'exprimerais difficilement ce qui se passa dans mon esprit, et le mélange d'horreur et de tentation que j'éprouvai. Je rentrai fort préoccupé à la maison. Mon père était revenu de l'ouvrage. Comme un homme dont la patience est poussée à bout, il me fit une vigoureuse remontrance. Au lieu de tomber à ses pieds, je me sentis aigrir, et je finis par me dire tout bas à moi-même : « Et moi aussi, je sais où est le coffre fort... » Pauvre coffre-fort! où gissaient quelques faibles économies recueillies à la sueur du front paternel, et qui devaient être la proie d'un fils ingrat et pervers.

Hélas! Le lendemain je n'avais que trop mérité les complimens humilians que me fit Maurice lorsqu'il me vit payer la dépense du jour et celle de la veille; j'avais volé mon père! J'eus la lâche faiblesse de sourire à ces dangereuses félicitations : mais mon sourire dut avoir quelque chose d'infernal autant qu'il était vil. Je venais d'entrer dans la route du crime; l'oisiveté et la débauche m'avaient enfin conduit au terme ordinaire, et déjà les droits les plus saints de la nature et de l'honneur étaient violés par moi.

Depuis ce jour, Maurice n'avait jamais d'argent et la dépense de nos plaisirs roulait toute sur moi. Je n'osais me plaindre, car je ne faisais que rendre ainsi ce qui m'avait été prêté, et je n'aurais pas plus renoncé à Maurice qu'aux vices dont les chaînes nous unissaient l'un à l'autre. Hélas! mes odieuses ressources ne durèrent que trop long-temps pour achever de m'enfoncer dans l'abîme, sans que mon malheureux père s'aperçût qu'il avait donné le jour à un petit monstre.

Il n'était plus de genre de débauche auquel je ne me livrasse habituellement avec mon dangereux ami et nos autres camarades. Obligé, cependant, de céder quelquefois à l'autorité paternelle, il fallait bien que j'allasse faire de temps en temps une portion de journée de travail. Mais avant de m'y rendre, j'avais chaque fois vidé plusieurs verres d'eau-de-vie dans notre cabaret accoutumé, et je n'étais pas toujours bien en état de faire ma besogne après une semblable précaution. Le soir, je retournais où m'attendaient mes compagnons; je détruisais ma santé, je dissipais l'argent dérobé à mon père; et j'achevais de perdre mon honneur, en violant tous les principes les plus sacrés de la religion, de la morale et de la probité.

Mes ressources n'étaient pas intarissables, et j'en vis la fin. Peut-être était-il temps encore d'éviter un déplorable avenir, de me repentir, de confesser mes fautes, et de les effacer par une conduite nouvelle. Mais j'étais lancé dans cette affreuse route, sur laquelle on n'ose plus regarder en arrière. Au lieu de m'arrêter, je pris le parti de marcher encore plus vite.

Lorsque Maurice connut ma position, qui

était devenue semblable à la sienne, il me dit : « jusqu'à présent, mon ami, si nos pères s'aperçoivent de quelque chose, nous pouvons nier; mais si l'on nous voit changer de manière de vivre, nous sommes perdus, car tout sera découvert. — Eh! bien! que prétends-tu faire lui répondis-je? — Si tu avais du cœur, je te ferais une proposition. — Au point où je suis arrivé, quelle qu'elle soit, je n'ai rien de mieux à faire que de l'accepter. — Écoute, il faudra quitter ton père et cette ville; il faudra n'avoir pas peur de la maréchaussée; je ne t'en dis pas davantage et te donne jusqu'à demain pour réfléchir. »

Il y avait de quoi réfléchir en effet, mes chers amis. Je m'aperçois que je viens de vous donner moi-même un grave sujet de méditation, dans ce tableau de mes premières années. Je vous laisse aussi vous y livrer jusqu'à demain. Si mon récit vous intéresse, vous viendrez en entendre la suite.

DEUXIÈME SOIRÉE.

Antoine, entraîné par Maurice, abandonne son père,
devient voleur de profession et valet de voleur.

Le lendemain soir l'auditoire d'Antoine était
réuni de bonne heure et gardait un profond
silence bien avant que celui-ci prit la parole.
Tous les yeux étaient fixés sur lui avec une
expression de curiosité et d'intérêt. Il reprit
sa narration en ces termes :

Quoique j'eusse passé la nuit sans fermer
l'œil, je n'avais pu m'arrêter à aucune idée
sur le projet de Maurice ; mais il m'inspirait
une telle confiance et je me trouvais dans
une position si désespérée, que je pris la
résolution de partager son sort, et de courir
les mêmes chances que lui. L'idée d'abandonner mon vieux père me fit hésiter un
instant, mais j'étais déjà assez dépravé pour
combattre et pour vaincre ce sentiment si
saint et si naturel. O mes enfans ! En faisant
devant vous cet aveu, je m'impose un châ-

timent plus pénible que tous les malheurs dont j'ai payé cette horrible impiété.

J'allai dès le matin trouver Maurice. « J'ai réfléchi, lui dis-je, et je suis décidé. — A quoi? — A suivre tes avis. — A la bonne heure; je craignais que tu ne fisses l'enfant et que tu ne te perdisses. — Voyons, quel est ton projet? — Écoute : je sais que notre voisin Brunel, l'épicier, a reçu il y a trois jours mille écus; je sais où est la caisse, et voilà une clef du magasin. — Une clef!.... Et comment? — N'aie pas peur, ce n'est pas une fausse clef. Il y en avait deux, et j'ai eu l'adresse de m'emparer de celle-ci : il n'y aura ni effraction, ni fausses clefs. — Eh! qu'importe? — Peste! il importe beaucoup; je n'ai pas envie que nous allions aux galères de compagnie. — Tu veux donc voler ces mille écus? — Tu l'as dit, et je t'associe à ma fortune; nous partons ensemble; et tu verras que quand on a mille écus devant soi, on trouve le moyen de s'en procurer d'autres. — Mais si nous sommes arrêtés? — Nous ne le serons pas. — J'ai ouï dire que ceux qui se croient plus fins que les autres n'échappent

1*

pas davantage. — Eh bien! au pis aller, quelques années de prison dont nous courrons la chance ; et si nous échappons , joyeuse vie. — Allons, je suis ton homme. A quand l'expédition? — Cette nuit ; il ne faut pas laisser envoler le trésor avant de le dénicher. — Cette nuit! — Oui et partir de suite. — Pour aller où? — Devant nous. — A la bonne heure. »

Nous convînmes de nos faits ; et nous mîmes à exécution notre vil projet. A une heure du matin les mille écus de l'épicier étaient dans nos poches ; à deux heures nous étions hors de Rennes ; et au point du jour nous arrivions dans un village dont le nom nous était inconnu.

La marche rapide et forcée que nous venions de faire , aurait dû nous donner de l'appétit ; mais pour mon compte, l'émotion qui accompagne le crime, la crainte d'être découvert, le trouble d'une conscience bourrelée , semblaient me serrer la gorge et m'ôter la faculté et le désir de me restaurer. Nous déjeûnâmes cependant. J'admirais, et je finis peu à peu par imiter le sang-froid de mon compagnon, sur le visage duquel j'avais peine à reconnaître qu'il était mon complice.

Le marché se tenait ce jour là dans le village où nous nous trouvions : nous achetâmes des habits et deux chevaux, et nous nous hâtâmes de continuer notre route. Après avoir cheminé quelque temps sans parler : « — Il est possible, me dit mon compagnon, qu'on nous fasse quelques questions dans les lieux où nous nous arrêterons ; sais - tu ce que tu es ? car il n'y a rien de plus suspect que de n'être rien. — Ce que je suis ! Eh ! certes, je le sais : je suis un voleur, et toi aussi. — Je te conseille de déclarer cette profession. — Eh bien ! qui sommes - nous ? — D'honnêtes voyageurs de commerce, qui faisons les affaires d'une maison de draperie de Sédan. — Ah ! Et où sont nos échantillons ? — Dans ces deux carnets ; voici le tien. — Tu es un homme admirable ! — Croyais-tu donc que je n'eusse pris aucune précaution pour notre sûreté, et que je voulusse te compromettre ? — Allons, je vois qu'il n'y a rien à craindre avec un associé tel que toi. — Malgré cela, continua Maurice,

il ne faut pas s'y fier plus que de raison. Je
pense que, dans le métier que nous venons
d'entreprendre de compagnie, il faut faire
sa fortune le plus vite possible, pour se retirer du commerce et vivre dans une honnête
aisance. Ne perdons pas les occasions ; ayons
de la prudence, mais un peu d'audace. Et si
par malheur nous sommes pris avant la fin,
ma foi, vogue la galère ! — Ne fais donc pas de
ces plaisanteries-là, cela pourrait nous porter
malheur. — Va, tu seras toujours un poltron. »

En parlant ainsi nous entrâmes dans un
bourg où il se faisait un grand bruit. Beaucoup d'hommes et de femmes étaient rassemblés sur la place publique, et formaient
un groupe autour de deux hommes qui se
disputaient. L'un des deux était presque en
haillons et l'autre mieux vêtu paraissait être
un marchand en habit de voyage. « Tu vas
me rendre, disait le dernier, ce portefeuille
que tu m'as volé ce matin à l'auberge. — Je
ne vous le rendrai point, car il ne vous appartient pas ; je l'ai trouvé et vous n'avez
pas le droit de m'en dépouiller. » Le peuple
prenait avec curiosité part à la querelle, et

ne savait trop cependant le quel des deux
était l'honnête homme. Maurice s'avance effrontément. « Vous êtes deux audacieux co-
quins, dit-il ; ce portefeuille est le mien que
j'ai perdu ce matin sur la route. Ce fripon
que j'ai rencontré et que je reconnais bien
l'a ramassé sans m'en avertir ; et vous qui
le réclamez êtes encore plus fripon que lui.»
Chacun dans l'assemblée se prononça aussitôt en faveur de Maurice. Il invoquait
mon témoignage que je me gardai bien de
lui refuser. Le fripon, qui se trouvait dans
un grand embarrras un instant avant, vit
dans cette circonstance un moyen de se sauver en faisant le sacrifice du portefeuille. —
« Oui, mon bon monsieur, il est à vous, s'é-
cria-t-il, je vous reconnais en effet : vous
étiez déjà bien loin, lorsque j'ai vu tomber le portefeuille de votre poche, et puis
vous étiez à cheval, sans cela je vous eusse
averti. Mais je suis bien heureux de pouvoir
vous faire cette restitution. » L'autre était
en fureur, et tellement confondu de cette
audace qu'il ne trouvait plus de paroles.
Quand il nous vit partir avec son porte-

feuille, il se mit à crier de nouveau; mais
nos chevaux nous emportèrent rapidement.
Il y avait dans le portefeuille un passe-port
et trois billets de banque. Après avoir par-
couru ces papiers : « sais-tu ce qu'il y a de
meilleur là-dedans? me dit Maurice ; c'est
cette pancarte. Voilà un passe-port dont le
signalement me sied à merveille : profession
de voyageur de commerce. Dieu ou le diable
nous protége; nous voilà en pleine sécurité,
et nous pouvons aller au petit pas, sans fatiguer nos chevaux. — Tu en parles fort à
ton aise, répondis-je, et moi, avec quel
passe-port serai-je en sûreté? — Ah ! reprit
Maurice, il ne faut pas être fier, tu passeras
pour mon domestique. Je suis fâché de ne
pouvoir prendre ce rôle; car j'aurais l'air
plus effronté que toi; mais que veux-tu?
c'est la faute du signalement. » — Je dissi-
mulai ce que cette circonstance et ce partage
d'attributions me faisaient éprouver de mor-
tifiant; il n'y avait pas moyen de ne point
en passer par-là. Je me résignai donc à être
le valet de mon impudent compagnon, et je
m'apprêtai à jouer ce rôle avec le plus de

naturel que je pourrais lorsque nous serions en scène. Imprudent et malheureux jeune homme! à moins de dix-neuf ans devenu voleur de profession et valet de voleur ; après avoir commencé par dépouiller son vieux père du fruit de ses laborieuses journées ; après l'avoir cruellement abandonné à tous les besoins de la vieillesse et à la douleur d'avoir mis au monde un fils dénaturé et le déshonneur de ses cheveux blancs! Déplorable résultat de l'oisiveté, de la paresse, de la débauche, des passions honteuses qui dégradent l'homme, et d'une liaison avec un être vicieux! Je vous vois frémir, ô mes amis ; vous pâlissez, mes enfans; et vous, mon vieux protecteur, je vois des larmes dans vos yeux. Vous attendez avec impatience la suite de cette relation, pour savoir quelle main m'a retiré de l'abîme où vous me voyez descendre de plus en plus. Ah! c'est la main de Dieu, lorsque mon âme s'est relevée vers lui et a imploré sa miséricorde. O mon Dieu! puisse mon exemple encourager et ramener à la vertu ceux qui ont partagé mes égaremens!

~~~~~~

TROISIÈME SOIRÉE.

Nouveaux crimes des deux compagnons ; Antoine est
trompé et abandonné par Maurice; il est arrêté.

BIEN nous prit, continua Antoine, d'être
convenus d'avance de nos faits. Nous ne fûmes pas long-temps sans trouver l'occasion,
ou plutôt la nécessité de jouer chacun le personnage arrêté. La première ville d'un peu
d'apparence où nous arrivâmes fut Vitré.
Nous nous arrêtâmes dans une auberge pour
y prendre un repas. Il y avait dans la grande
salle des cavaliers de la maréchaussée dont la
vue me fit battre le cœur avec une violence
extrême. « Deschamps, me dit Maurice qui
avait le coup d'œil prompt, demande ce qui
sera le plutôt prêt, une omelette, des côte-
lettes, n'importe. » Je compris ce que ces paroles voulaient dire; j'ordonnai le repas, et
me gardai de me mettre à table à côté de
mon maître. Il en était à la moitié de son
omelette, lorsque messieurs les cavaliers

vinrent le prier d'exhiber ses papiers, ce qu'il fit de la meilleure grâce du monde, et d'un air tout-à-fait honnête homme. Je passai pour le valet et on nous laissa tranquilles. Alors Maurice, ne craignant plus rien et voyant qu'il pouvait prendre son temps, demanda de l'eau-de-vie, dont il me fit la grâce de me faire verser un verre, pendant qu'il en but trois ou quatre. J'étais déjà las de mon rôle, mais il y aurait eu trop d'imprudence à le quitter en ce moment, et je fus sobre par nécessité.

Je brûlais de m'éloigner de cette ville où je faisais une si triste figure, et c'est ce que nous fîmes aussitôt que Maurice le jugea convenable; car je n'avais, quant à moi, d'autre lot que d'obéir à sa volonté.

De ville en ville et de village en village nous arrivâmes enfin au Mans, où nous avions l'espoir de mettre à contribution les bons Manseaux. « Écoute, me dit mon camarade, il n'y a pas moyen de réussir ici à quelque chose si nous restons ensemble. Tu viens de faire un apprentissage précieux dans notre profession; si tu veux continuer nous en

2

pourrons tirer bon parti. Il faut que tu quittes
mon service et que tu entres en maison; c'est le
moyen le plus sûr de trouver un bon coup à
faire. Quand une occasion favorable se présen-
tera, nous en profiterons, et puis nous gagne-
rons pays, et nous reprendrons notre ancienne
allure. » Il n'y a que le premier pas qui
coûte; je fus de l'avis de Maurice. Il s'y
prit avec tant d'adresse qu'il persuada au
maître de l'hôtel où nous étions descendus,
que j'étais un honnête garçon, qu'il regret-
tait vivement d'être obligé de me quitter,
mais qu'il ne pouvait plus conserver de domestique. Notre hôte touché du bon témoignage que Maurice rendit de moi, en payant
sans marchander le mémoire de notre première semaine, prit un vif intérêt à ma personne, et se donna tant de soins qu'il persuada à un voyageur de distinction de me
prendre à son service. J'y entrai trois jours
après. Il était sur le point de partir. Mon
nouveau maître avait conçu une si grande
confiance en ma probité, qu'il me chargea de
tous les apprêts du départ et de faire ses pa-
quets. Je remarquai une petite cassette,

dont le poids ne me sembla point équivoque. Elle m'était recommandée d'une manière particulière ; je la remis à mon ami Maurice ; je fermai les malles, et nous partîmes.

Maurice m'avait promis de m'attendre le lendemain sur la route de Paris, où je devais le rejoindre après avoir saisi la première occasion pour me retirer de ma servitude. Cette occasion s'offrit bien facilement. Mon maître était habitué à la bonne chère et avait coutume de faire remiser sa chaise chaque fois qu'il s'arrêtait pour dîner. J'eus soin, à notre première halte, de lui verser à boire avec une assiduité dont il me fit compliment. J'eus le plaisir, après le dîner, de voir ses yeux s'appesantir, et j'obtins la permission de prendre du temps tout à mon aise pour dîner à mon tour. Je profitai de cette permission, mais pour sortir de l'auberge, me glisser le long des murs, et prendre la route que nous venions de parcourir, en marchant bon pas, jusqu'à la première poste. Là je montai sur un bidet et me mis à galoper, jusqu'à ce que les clochers du Mans s'offrissent de nouveau à mes regards.

Je courus bien vite du côté de la route de
Paris, où je devais retrouver mon compagnon et la cassette. Hélas ! ni l'un ni l'autre
ne parut. J'attendis, allant et venant sur le
grand chemin, non sans quelque inquiétude.
La nuit arriva, et je commençai à soupçonner
Maurice de mauvaise foi. Que faire? rentre-
rai-je dans la ville? je n'ai qu'à être reconnu,
sans papiers ; je n'ai qu'à être arrêté... Après
tout ce qui s'est passé ! Cruel et trompeur
Maurice ! est-ce ainsi que tu me payes de
ma crédulité et de mon dévouement? Le souvenir de mon père au désespoir vint se mê-
ler à ces tristes pensées et les rendit horribles. Oh ! Antoine, Antoine, me dis-je, à
quelle position te vois-tu réduit !

Je n'osai repasser la barrière, je m'éloignai de la route d'une trentaine de pas, et
me couchai sur un petit tertre derrière un
buisson. Ce fut là que je passai une nuit affreuse ; j'en comptai toutes les heures dont
l'horloge de la cathédrale me faisait entendre
de loin les sons lugubres. Un reste d'espoir
me soutenait encore : peut-être, me disais-
je, Maurice me joindra-t-il demain ; atten-

dons. Espérance vaine; le jour parut, les heures s'écoulèrent, et je ne revis point mon traître ami. Il fallait enfin prendre un parti. Allons, me dis-je, quand je me livrerai au désespoir, je ne me tirerai pas d'affaire, et ce ne sera pas le moyen de me soustraire à la justice; ayons du courage. J'ai ouï dire que la fortune seconde ceux qui sont audacieux. Insensé! J'ignorais encore et j'ai appris plus tard par une fatale expérience , que ce secours n'est qu'un piége de la fortune, et que si elle nous seconde dans le chemin du crime, c'est pour nous amener plus sûrement au précipice épouvantable où il conduit.

Je pris la résolution de suivre la route de Paris, et de me rendre dans cette grande ville, où je trouverais plus de ressources et aussi plus de sécurité que partout ailleurs. J'avais encore beaucoup plus d'argent qu'il ne m'en fallait pour cela ; et rappelant cette audace dont j'avais eu un si bel exemple sous les yeux , je marchai rapidement en tournant le dos à la ville du Mans.

Il ne m'arriva rien de remarquable pendant les huit jours que j'employai à faire ma route. Si Maurice eût été avec moi pendant ce temps, j'aurais sans doute ici quelques aventures à raconter ; mais tout seul, je manquais, suivant son expression, de génie, et j'arrivai à Paris aussi paisiblement qu'un honnête voyageur aurait pu le faire.

J'allai me loger dans un hôtel garni du faubourg Saint-Honoré. On me demanda mon nom pour en faire la déclaration à la police. Ce mot de police résonnait assez mal à mon oreille. Cependant comme il ne fallait pas donner de soupçons je déclarai le nom de Maxime Blanquart. On me donna une chambre, et lorsque je fus seul, mon premier soin fut de compter avec moi-même et d'examiner ce qui me restait de fonds. Il n'y avait plus que 400 fr. Le drôle de Maurice était possesseur de tout le fruit de nos friponneries, et je portais la moitié des charges, n'ayant qu'une mince part du profit. Je réfléchis alors à ce que j'avais à faire ; quelques remords se firent sentir ; mais il me sembla qu'il n'y avait plus moyen de reculer, et je résolus de continuer le même métier, en profitant des leçons de Maurice qu'il venait de me faire payer un peu cher.

Je n'entrerai pas, mes amis, dans le détail de diverses expéditions qui me procurèrent des moyens d'existence pendant deux ans. Je me liai avec de nouveaux amis trèsdignes de moi, qui faisaient partie d'une société organisée. On m'instruisit à l'exercice du mouchoir, de la montre, de la tabatière, et je fis, dans les spectacles et dans les lieux publics, des tours adroits qui me valurent de grands éloges et une honteuse considération parmi mes camarades. Je m'entendais aussi fort bien au maniement des cartes, et je trouvai des dupes qui reçurent de mes leçons. Tout pour moi se passait à merveilles ; et je devenais chaque jour plus hardi, voyant que la justice me laissait en paix, et qu'on ne se doutait point, dans le quartier du Palais, de mon existence et de mes prouesses.

Il y avait alors à Paris un lieu de débauche, de jeu, d'escroquerie, de vol, où se rassemblaient, chaque nuit, une foule de

gens sans aveu et sans asile; c'était l'hôtel
d'Angleterre. Là se trouvait réuni ce que la
société renferme de plus immonde, de plus
démoralisé; je figurais quelquefois dans cette
hideuse assemblée nocturne. Je jouais, et je
faisais preuve de talent. Nous nous y retrou-
vions assez souvent avec plusieurs de mes
confrères; nous y faisions des projets et nous
nous en racontions l'exécution.

Vous pensez que l'autorité, en tolérant
une semblable réunion, n'a d'autre but que
celui d'y ramasser de temps en temps quelques misérables. Une nuit que je m'y trouvais, la maison fut investie, la porte gardée,
et une patrouille vint faire main base sur plusieurs individus, au nombre desquels je fus
compris, malgré les tentatives que je fis pour
m'évader. On me mit les menottes, et il fallut
suivre mes inexorables guides. J'offris de l'argent qui fut refusé, et mon offre ne servit
qu'à me compromettre davantage. Enfin je
me trouvai au Châtelet, où j'achevai ma nuit;
et le lendemain on me conduisit à la prison
de ***, où une porte terrible se referma sur

moi , me laissant dans les plus horribles angoisses. Vous saurez demain , mes chers amis,
quelle était la cause principale de mon inquiétude , assez justifiée par l'événement.

~~~~~~

QUATRIÈME SOIRÉE.

Déplorable situation d'Antoine ; son procès ; un témoin
perfide dépose contre lui.

Je m'étais si bien accoutumé, reprit Antoine, au genre de vie que je menais, que je
vivais dans une parfaite sécurité. L'impunité
dont j'avais joui, malgré tous mes déporte-
mens, me semblait devoir durer toujours;
et le moment où je fus atteint était assurément celui où je redoutais le moins une ca-
tastrophe. Lorsque je me vis sous de solides
verroux, mon courage m'abandonna, et je
me livrai aux plus amères réflexions. Tous les
actes de ma vie se représentèrent à mon esprit. Je ne doutais pas que tous ne fussent dé-
couverts, et je voyais pour le moins les
galères en perspective. Je songeai à mon père,
et ce souvenir m'arracha quelques larmes qui
me soulagèrent un peu. Hélas! la religion,
cette consolatrice puissante qui tend la main
à tous les hommes, qui offre encore son ap-

pui au criminel jusqu'au pied de l'échafaud,
la religion avait été repoussée par moi dès
mes plus jeunes années ; je lui étais étranger;
je ne songeai point à l'appeler à mon secours.
Je sentais des remords ; car l'impie même ne
saurait leur échapper; mais ces remords ne
produisaient que du désespoir, sans réveiller
en moi un mouvement louable.

Mon impatience était extrême de connaître le motif de mon arrestation. Le premier
interrogatoire que je subis au bout de trois
jours, ne m'en expliqua que trop la cause :
il s'agissait de la cassette de mon maître du
Mans. Je ne pouvais concevoir comment ce
vol avait été découvert, et surtout comment
on avait pu me reconnaître dans Paris pour le
valet de ce voyageur. La chose était déjà si
ancienne, que cette friponnerie était une de
celles qui auraient dû me donner le moins
d'inquiétude. J'ignorais, malheureux! que le
criminel ne doit jamais dormir en paix; qu'un
œil redoutable qui ne sommeille point le suit
partout, et que le bras de la justice est sans
cesse étendu pour le saisir.

Je fus tellement déconcerté que mes déné-

gations, ne durent pas laisser beaucoup plus
de doutes que des aveux. Toutefois, je per-
sistai à nier, pendant les divers interroga-
toires qui suivirent le premier. Enfin le jour
du jugement arriva, et je fus conduit devant
la cour criminelle. A l'aspect imposant de ce
tribunal, je sentis mon sang s'arrêter. L'image
du Christ frappa mes regards, et pour la première fois un mouvement religieux parla à
mon cœur; mais ce fut une voix menaçante
plutôt qu'une voix consolatrice que je crus
entendre. La crainte de Dieu vint se joindre
à la crainte de la justice humaine. J'étais dans
l'état le plus douloureux, qui laissa place encore à la confusion que j'éprouvai en levant
les yeux sur le nombreux auditoire qui remplissait la salle d'audience. « O mon père! »
ces mots m'échappèrent malgré moi.

A peine, dans l'état où j'étais, pus-je prêter attention à la lecture de l'acte d'accusa-
tion qui fut faite par le greffier. Je reconnus
cependant que les faits relatifs au vol de la
cassette y étaient rapportés exactement. Le
président m'interrogea ensuite de nouveau,
et je continuai de nier, en affectant une au-

dace que démentait ma voix tremblante. Mon
maître du Mans fut alors introduit, et lança
sur moi un regard menaçant ; mais il ne me
déconcerta pas entièrement ; je m'étais atten-
du à cette confrontation, et je m'y étais préparé. Au lieu d'achever de m'abattre, sa
présence me fit sentir la nécessité d'être ferme, et je déclarai assez effrontément que je
ne connaissais point le plaignant, et qu'il se
méprenait sans doute. L'indignation et le
mépris éclataient dans ses regards. « Nous
allons voir, dit-il, si ce misérable mécon-
naîtra tous les témoins. » Le président donne
l'ordre d'introduire le premier témoin : il
entre, et je reconnais..... qui ?..... Maurice, le
traître Maurice !

A cette vue, tout mon courage fut anéanti.
Maurice mon accusateur ! Maurice ! l'ami de
mon enfance ! ce dangereux ami qui m'a lui-
même entraîné dans le crime ; qui m'a fait
abandonner mon père après l'avoir volé ; qui
m'a fait participer à ses actions infâmes, jusqu'à ce que je fusse en état d'en commettre
de semblables sans son aide ! Maurice vient
m'accuser d'avoir dérobé cette cassette ; lors-

que lui-même m'en a dépouillé, pour en profiter à lui seul ! Grand Dieu ! pouvais-je m'attendre à ce comble d'horreur et de perfidie ! Infortuné jeune homme ! tu ne savais donc pas que l'amitié est un sentiment noble et généreux qui ne peut exister au sein du vice ; qu'un scélérat ne peut avoir un ami ; et que celui auquel il donne ce nom, n'est qu'un associé toujours prêt à l'immoler lui-même à sa propre sûreté ou à son intérêt ! Ah ! que j'en fis une cruelle et déchirante expérience ! Maurice osa prêter serment à la justice et déclarer que j'avais été à son service, et que, m'ayant cru honnête homme, il avait rendu de moi ce témoignage, sur lequel le plaignant m'avait pris pour domestique au Mans ; que peu de jours après le départ de mon nouveau maître, j'avais reparu dans cette ville, et que j'avais avec moi une cassette. Hélas ! il était en état d'en faire une description trop exacte pour que le plaignant ne la reconnût pas. Maurice ajouta que j'avais paru fort embarrassé de sa rencontre et de ses questions, et que depuis il ne m'avait jamais revu. « Cela me parut un peu suspect, dit-il

en terminant, mais je ne m'arrêtai point
à ce soupçon, et je vois avec peine aujour-
d'hui qu'il n'était que trop fondé ; car je dois
à la vérité de dire que je n'ai eu qu'à me louer
de la probité et du zèle de ce jeune homme
tant qu'il a été à mon service. »

A cette perfide déclaration je demeurai
muet de surprise et de douleur. J'aurais pu
sans doute m'établir à mon tour accusateur
de Maurice ; me voyant perdu, je pouvais me
venger sur l'heure et le perdre avec moi.
Cette pensée se présenta à mon esprit, mais
j'étais dans une sorte de stupeur, mon cœur
était déchiré par un trait si noir, et depuis je
me suis su bon gré d'avoir cédé à ce sentiment plutôt qu'à celui de la vengeance. Au
lieu donc d'accuser Maurice, je confessai le
vol, je revins sur toutes mes dénégations,
je répondis *oui* machinalement à toutes les
questions qu'on me fit, et, enfin, je m'entendis condamner à dix années de reclusion
et à l'exposition.

On me reconduisit à ma prison dans un
état voisin de la mort. Maurice était sans
cesse devant mes yeux, et j'entendais sa voix

accusatrice. Je ne pensais plus, mes réflexions étaient vagues ; je crus que ma raison s'éga-rerait tout-à-fait. Je ne songeai point à me pourvoir contre l'arrêt ; il ne me restait plus ni force, ni courage : où en aurais-je trouvé? J'étais criminel, condamné, sans religion, cou-pable envers mon père, et trahi par l'amitié.

Lorsque les délais furent expirés, l'arrêt fut mis à exécution : on me conduisit sur la place du Palais de Justice, où je fus attaché au pilori, et exposé aux regards d'une foule dont je sentais le mépris arriver jusqu'à mon cœur. Je n'osais lever les yeux, et je restai dans l'attitude de la plus profonde confusion pendant tout le temps que j'étais condamné à passer sur ce fatal échafaud. Enfin, lors-qu'on me délia, j'ouvris les yeux. Fut-ce un fantôme qui vint s'offrir à mes regards au pied de cet échafaud? Non, c'était encore Mau-rice ! Maurice, l'auteur de tous mes maux, qui venait en recueillir le fruit ! Je ne tins pas à ce dernier trait, je m'évanouis, et l'on me porta plutôt qu'on ne me me recondui-sit à mon cachot.

J'essaierais vainement, mes chers amis,

de vous peindre la situation de mon âme ; et
je ne vous dirai pas que vous vous la repré-
senterez, car ce serait impossible. Je passai
quelques jours encore dans ce lieu de douleur et de solitude ; jusqu'à ce qu'on vint
m'en retirer pour me transférer dans celui
où je devais accomplir le temps de ma reclusion. Permettez que je suspende ici mon récit ; il a réveillé aujourd'hui de si douloureux
souvenirs que j'ai besoin de repos avant d'en
reprendre la suite.

CINQUIEME SOIRÉE.

Antoine est transféré dans une maison de détention ;
sa douleur ; ses réflexions ; il assiste à un sermon.

La portion la plus pénible de ma tâche est
maintenant remplie, continua le père Antoine ; j'ai fait les aveux qui pouvaient me
coûter davantage. Je trouverai dans la suite
du récit que j'ai encore à vous faire des souvenirs qui pourront être douloureux, mais
qui ne seront plus humilians. Me voilà dans
le précipice : vous êtes impatiens de savoir
comment je m'en suis retiré et me trouve
dans la position où vous me voyez aujour-
d'hui ; écoutez-moi donc.

La liberté est comme la santé, mes amis ;
il faut en avoir été privé pour en connaître
tout le prix. On ne se figure pas bien ce qu'a
d'affreux la pensée d'être dépouillé de ses
droits et de vivre sous des verroux. Grâces
soient rendues aux âmes bienfaisantes qui
cherchent à adoucir le sort des malheureux

que la société est forcée de bannir de son
sein! La prison où je fus transféré est située
dans une ville assez éloignée de la capitale.
Permettez que je ne vous en dise pas le nom,
qui n'ajouterait rien à l'intérêt de cette histoire. On conduisait en même temps que
moi d'autres détenus auxquels j'adressai diverses questions sur notre destination, et
sur le sort qui nous était réservé pendant le
temps de notre captivité. L'un d'eux, qui
paraissait être très au fait, me répondit que
nous allions à la maison de détention de ****.
« Il y a là, ajouta-t-il, des ateliers où nous
serons occupés à divers genres de travaux. »

Cette idée ne me sourit pas infiniment, à
moi qui n'avais jamais pu m'astreindre à
aucune sorte de travail, et qui avais de si
mauvaises obligations à la fatale oisiveté de
mon enfance.

En arrivant à la prison, je ne me défendis
pas de quelque surprise, lorsque je vis l'apparence et la tenue de cette maison, qui ressemblait beaucoup plus à une vaste manu-
facture qu'à un lieu de reclusion. Cet aspect
me fit éprouver une petite consolation; mais

je ne pouvais oublier que j'entrais là pour
ne pas repasser le seuil de cette même porte
avant dix années révolues : dix années! au
plus bel âge de la vie !

Quoique je fusse beaucoup mieux couché
dans le dortoir où l'on me mit, que je ne
l'avais été dans mon cachot de ****, je passai
une nuit fort triste, et je versai des larmes
en abondance sur la perte de ma liberté. Le
lendemain, on me fit paraître devant un
homme qui était le directeur des travaux. Il
me demanda quel état je savais. — « Hélas!
répondis-je, aucun. — Vous paraissez le re-
gretter, me dit avec bonté le directeur; eh
bien, vous pourrez en apprendre un. Savez-
vous lire? — Un peu. — Et écrire? — Pas du
tout? — Allons, mon ami, du courage! Il y
a ici une école où vous pourrez apprendre
tout cela. Écoutez-moi : aucun travail ici n'est
forcé; mais il dépend de vous d'améliorer
votre sort en travaillant. Si vous ne voulez
rien faire, vous serez nourri et traité comme
ceux qui ne font rien; si vous voulez suivre
l'école et ensuite les travaux d'un atelier, vous
aurez une nourriture plus agréable, et l'on

adoucira pour vous, autant que possible, ce que la captivité a de rigoureux. Vous pourrez même, en étant laborieux, vous assurer quelques ressources pour le moment où votre liberté vous sera rendue. Lorsque vous serez au fait du travail, on vous donnera une tâche modérée; et si vous allez au delà, il y aura pour vous un bénéfice qui sera mis en réserve, et qu'on vous rendra à votre sortie de la maison. Voyez, d'ici à demain, ce que vous voulez faire; il y a des places à l'école et aux ateliers de forges, vous pourrez y prendre rang quand vous aurez fait vos réflexions. » Après avoir ainsi parlé, il me fit parcourir les ateliers, où je vis un grand nombre de prisonniers appliqués au travail avec une grande activité. Cela me tenta peu dans le premier moment; je ne pouvais supporter l'idée d'être ainsi occupé depuis le matin jusqu'au soir. D'un autre côté, je songeais à l'ennui auquel j'allais être condamné; car il n'y avait, dans ce lieu fatal, aucune distraction à espérer. La première pensée que j'avais eue après ma condamnation avait été de chercher à m'évader. En entrant dans la maison de détention, en traversant les cours, j'avais jeté de tous les côtés des regards bien attentifs, afin de me rendre compte des localités; mais cet examen n'avait servi qu'à me démontrer l'impossibilité de tromper une surveillance exacte et d'ouvrir des portes bien fermées. Cependant comme ces idées me revenaient pendant la nuit, je fis les réflexions suivantes : « Si je ne me résous à suivre l'école et à travailler, je serai surveillé avec encore plus de sévérité. Si j'apprenais l'état de forgeron et de serrurier, j'y trouverais une chance de plus pour mon évasion, car je me connaîtrais alors en serrures et en verroux. » Je balançai encore quelque temps; puis enfin je me décidai et demandai mon admission à l'école; elle me fut accordée sur-le-champ.

Je dois convenir que pendant les premiers jours, l'étude me parut insupportable, tant j'avais contracté la funeste habitude de l'oisiveté. Cependant il me sembla que les journées s'écoulaient un peu plus rapidement de cette manière, et je vis à cela un grand avantage; car si quelqu'un désire vieillir, c'est assurément un captif Bientôt, je sentis que

je faisais quelques progrès, et je m'aperçus
même que je serais dans peu de temps en
état d'écrire. Cela me donna un peu de courage et peut-être même de goût; le chef de
l'école m'en fit compliment, et mon amour-
propre en fut flatté. Au bout de quelques
jours encore, je venais à l'école avec plaisir.
Une idée se présenta subitement à mon esprit : « Je vais savoir écrire, je pourrai
écrire à mon père! » Puis tout à coup laissant tomber ma tête sur ma poitrine : « Malheureux! Et que lui écrirai-je? Lui annon-
cerai-je l'infamie de son fils? Père infortuné!
Que sais-je si la douleur de m'avoir mis au
monde n'a pas déjà terminé ses jours! » Je
pleurai et cette fois mes larmes partaient
d'un bon mouvement; ces remords étaient
de ceux qui laissent quelque espérance de
retour à la vertu. La nature, il est vrai, n'a-
vait jamais entièrement perdu ses droits sur
mon cœur; s'il n'avait pas écouté ses cris,
il les avait du moins entendus quelquefois
malgré lui. Mais la nature ne pouvait seule
triompher de l'excès de ma dépravation; il
fallait qu'une main puissante me fût tendue;

il fallait que la miséricorde divine daignât
jeter un regard sur ma misère. O mon Dieu!
Oh! religion sainte et consolante! c'était
vous qui deviez parler à mon cœur, vous
que j'avais méconnus depuis mon enfance,
vous que mon ingratitude n'a point lassés ,
et qui avez eu pitié de mes égaremens.

Il y avait dans la maison une chapelle où
tous les détenus étaient conduits à la messe
et aux offices. Un homme saint et vénérable,
un ange envoyé du ciel pour la consolation
des malheureux, un bienfaiteur, un ami
de l'humanité, tel était le pasteur de ce
troupeau captif, l'aumônier de la prison.
J'étais accoutumé dès long-temps à regarder avec irrévérence et avec aversion tout
ce qui portait le costume d'un ministre
des autels; en sorte que ce digne vieillard
n'avait encore attiré de ma part qu'un regard peu attentif ou même dédaigneux. Je
n'avais point remarqué sa noble figure;
l'expression paternelle de son regard, son
front chauve et ses cheveux blancs, sa dé-
marche imposante, enfin ce mélange de
dignité, de charité et de candeur dont se

composait sa personne. Je n'avais prêté aucune attention à ses paroles pieuses et douces;
son caractère seul de prêtre avait suffi pour
m'inspirer de l'éloignement pour lui. Oh!
quels regrets, quel repentir je lui en ai ex-
primés depuis!

Le lendemain du jour où j'avais pleuré
amèrement en pensant à mon père, était un
dimanche. Dieu avait sans doute fixé ce jour-
là pour toucher mon cœur, puisqu'il rendit
plus durable cette émotion ordinairement si
fugitive en moi. Je portai enfin à l'église des
dispositions que je n'y avais jamais encore
ressenties. Je fus recueilli pendant l'office;
et, lorsque l'aumônier monta en chaire pour
adresser l'instruction à son auditoire, mes
regards s'arrêtèrent sur son visage vénérable.
Il ne me semblait pas que je le reconnusse;
je le voyais avec d'autres yeux; je me sentis
pénétré d'un véritable respect; le saint vieillard me parut avoir en lui quelque chose de
céleste, et ses cheveux me frappèrent comme
une couronne de lumière qui aurait environné sa tête. Je regardais; il parla; j'écoutai. Oh! que de bien me firent ses paroles!

3

Comme elles arrivaient à mon cœur, et quelle
influence elles ont eue sur ma destinée ! Je
les ai retenues, ces paroles divines; je les ai
écrites pour les conserver comme un précieux
monument. Les voilà ! Demain je suspendrai
mon récit pour vous les faire entendre ; mais
je regretterai de ne pouvoir y mettre cet ac-
cent qu'y mit un apôtre de paix et de miséricorde.

SIXIÈME SOIRÉE.

Sermon de l'Aumônier de la prison.

Lorsqu'Antoine vit sa petite société réunie, et que chacun eût pris sa place accoutumée, il tira de sa poche un manuscrit.

Voici, dit-il, mes amis, un des premiers échantillons de mon écriture. Aussitôt que je fus assez habile pour écrire couramment, je m'empressai de retracer sur ce papier le discours de notre aumônier que je conservais fidèlement dans ma mémoire. Je vous en ai promis la lecture, et je ne doute pas qu'elle ne vous donne une bien bonne opinion de cet homme respectable.

Antoine déroula alors le manuscrit qui renfermait ce qu'on va lire.

Discours prononcé en chaire par l'Aumônier de la prison de ***, en présence de tous les détenus.

« Il y a plus de joie dans le ciel pour un » pécheur qui se convertit que pour quatre-

» vingt-dix-neuf justes qui n'ont jamais pé-
» ché ! » (St. Luc , chap. xv.)

» Avez-vous entendu, mes frères, cette
parole miséricordieuse ? Envoyé par le Seigneur pour vous porter des consolations et
vous rendre le courage , je viens vous la répéter et vous conjurer de l'entendre. Des
brebis du troupeau du Seigneur se sont éga-
rées ; il m'envoie pour les rappeler à lui, pour
léur annoncer qu'il leur tend les bras , et
qu'il les recevra avec joie. O vous , qui fûtes
faibles , parce que vous étiez sans appui ; ô
vous qui avez succombé, parce que vous étiez
entourés de piéges et que vous ne connais-
siez pas votre véritable protecteur ; écoutez
sa voix indulgente ; il a pitié de vous , il ne
demande qu'à vous pardonner, si vous avez
recours à lui , si votre âme s'élève vers lui
pour l'implorer. Oui, mes frères, votre cœur
s'est corrompu , parce qu'il n'était pas sanc-
tifié par la présence du Seigneur, parce que
la vertu ne réside point aux lieux d'où la religion est bannie. Vos passions vous ont en-
traînés , et vous n'aviez pas d'arme pour les
combattre ; elles vous ont aveuglés , et vous

n'aviez pas de flambeau pour vous guider
dans cette obscurité : ai-je besoin de vous
dire où elles conduisent ? ne l'avez-vous pas
assez éprouvé par votre propre malheur ?
Hélas ! vous connaissez aujourd'hui leurs funestes effets. Les lois humaines sont d'accord
avec la justice céleste ; elles punissent ce que
la religion condamne. Mais, ô miséricorde
divine ! plus douce, plus clémente que la
justice des hommes, c'est elle, c'est notre
sainte religion qui vous offre un asile dans
vos douleurs. Vous l'avez outragée, vous l'a-
vez méconnue, et elle veut vous consoler ;
elle vous presse de vous réfugier dans son
sein ; elle s'apprête à vous offrir des adoucis-
semens dans vos peines, à ranimer votre courage, à vous inspirer une fortifiante espérance. Elle vous invite à calmer des remords
déchirans, et ne vous demande qu'un tendre
et pieux repentir. Non, tout n'est pas perdu
pour vous, vous dit-elle ; élevez votre âme
vers le Seigneur, et le Seigneur entendra ses
gémissemens. Expiez vos fautes avec résignation, et vos fautes vous seront pardonnées,
et le ciel et la terre applaudiront à vos efforts

et à votre triomphe. « Il y a plus de joie dans
» le ciel pour un pécheur qui se convertit
» que pour quatre-vingt-dix-neuf justes qui
» n'ont jamais péché. »

» O mes frères, gardez-vous de murmurer
contre cette providence qui veille sur vous,
même après votre ingratitude. Gardez-vous
de l'accuser de la rigueur de votre sort; votre sort est votre ouvrage, et c'est en abusant
des dons qu'elle vous avait faits que vous
vous êtes perdus. Quel est celui d'entre vous
qui pourrait dire : ce n'est pas ma volonté
qui m'a rendu coupable ? Rappelez-vous la
conduite de votre jeunesse : quel est celui
qui n'a pas trouvé deux routes, et n'a pas vo-
lontairement choisi la mauvaise ? Examinez-
vous bien, et songez aux véritables causes de
votre ruine. Combien en est-il parmi vous
qui ne fussent jamais arrivés jusqu'au crime,
s'ils ne s'étaient complaisamment livrés à
leurs mauvais penchans, ou à des conseils
perfides qui flattaient leurs goûts ? Quel est
celui qui, dans ces momens déplorables, n'a
pas entendu une voix secrète qui parlait à
sa conscience, et qui l'a fait balancer au

moins un instant ? Ah ! cette voix était celle
de la religion ; mais vous l'avez étouffée, vous
lui avez fermé vos oreilles. Gardez-vous donc
d'accuser cette sainte providence ; bénissez-la
plutôt, mes frères ! Car, qui peut pénétrer ses
décrets ? Peut-être, j'oserai le dire, peut-être
ce dont vous gémissez aujourd'hui est-il le
plus grand de ses bienfaits ; peut-être a-t-elle
voulu vous arracher de force et malgré vous
à un malheur éternel. Elle a armé contre
vous les lois humaines, tandis qu'il était
temps encore d'obtenir grâce devant les lois
divines. Dans ce lieu de reclusion où vous
êtes exilés, elle a pris soin de vous ména-
ger tous ses secours et tout son appui. Elle
prétend vous réconcilier avec Dieu ; elle offre
à vos désirs un avenir éternel de bonheur
qu'il dépend de vous de mériter, et qui doit
adoucir toutes les peines que vous ressentez
dans cette courte vie. Que dis-je ? elle fait plus
encore, elle vous donne les moyens de vous
réconcilier avec les hommes, avec vos semblables ; d'effacer le souvenir de vos fautes
après les avoir expiées. Cette ignorance qui
vous a été si fatale, il tient à vous de la voir

se dissiper ici, et d'y acquérir des connais-
sances et des lumières qui rendent l'homme
plus digne de sa céleste origine; cette oisiveté
funeste que vous devez maudire pour les
maux qu'elle vous a causés, vous en triom-
phez en ces lieux, en quelque sorte malgré
vous; ces moyens d'existence qui vous manquaient et vous laissaient abandonnés aux
dangers du besoin, vous les posséderez en
sortant de captivité. Non, mes frères, non,
je le répète, tout n'est pas perdu pour vous.
Il dépend de vous de mériter un jour l'estime
des hommes que vous vous êtes exposés à
perdre; il dépend de vous surtout de mériter
la clémence de Dieu, car Dieu est plus misé-
ricordieux que les hommes. Oh! je vous en
conjure, mes frères, écoutez la voix du pasteur qui vous répète les paroles de son divin
maître : « Il y a plus de joie dans le ciel pour
» un pécheur qui se convertit que pour quatre-
» vingt-dix-neuf justes qui n'ont jamais pé-
» ché. » Convertissez-vous donc, pécheurs!
que vos voix suppliantes s'élèvent vers le
Seigneur. Venez, venez vous réfugier dans
le sein de cette religion de clémence et de

paix; venez y puiser des forces contre la douleur, de la résignation, de la patience. Com-
parez ce qu'elle vous promet avec ce que vous
avez obtenu en la méconnaissant. Profitez des
secours que vous offre la providence pour réparer tant de maux, pendant qu'il en est temps
encore. Instruisez-vous auprès de ceux qui
sont chargés de cette mission charitable;
soyez laborieux et perfectionnez-vous dans
le genre de travail qui pourra un jour vous
rendre utiles à la société que vous avez of-
fensée. Apprenez, dans vos rapports entre
vous, à vous conduire vis-à-vis des autres
hommes selon ce que vous leur devez, et ce
que Dieu vous ordonne à l'égard de votre
prochain. Venez surtout, venez avec recueillement entendre la parole du Seigneur, et
vous humilier devant lui. Oh! que vos cœurs
soient ouverts à sa grâce qui doit fermer
vos plaies et y verser un baume de vie. Là,
vous puiserez des forces qui ne s'affaibli-
ront point; là, vous retrouverez une sérénité
d'âme qui naîtra d'un repentir sincère; là,
je vous le prédis enfin, mes frères, vous
recevrez le courage nécessaire pour recon-

quérir de l'estime parmi les hommes, et pour mériter d'être reçu un jour dans le sein de votre céleste patrie. »

Antoine, en achevant cette lecture, ne put retenir quelques larmes qui s'échappèrent de ses yeux. Il pressa le manuscrit sur ses lèvres en s'écriant : « O souvenir! ô apôtre de charité! c'est toi qui m'as sauvé peut-être. Tu reçois maintenant le prix de ton zèle pieux et de tout le bien que tu as fait; ah! prie pour moi au pied du trône de l'Éternel où tu as sans doute aujourd'hui ta place. »

SEPTIÈME SOIRÉE.

Première prière d'Antoine; effet qu'elle produit; commencement de conversion; entretien avec l'aumônier.

ANTOINE reprit en ces termes la suite de sa narration :

Il me serait bien difficile, mes amis, de vous peindre ce qui se passa en moi après avoir entendu le discours de notre aumônier. Je fus absorbé le reste de la journée dans de profondes méditations; je ne pus fermer l'œil de la nuit, et je donnai un libre cours à mes pensées. « Quelle est donc, me disais-je, cette religion que j'ignorais et que je dédaignais sans la connaître ? Quelle est donc cette voix qui, pour la première fois qu'elle parle à mon cœur, semble déjà le consoler ? Quoi ! il me serait possible encore d'obtenir du bonheur sur la terre ; je pourrais aspirer à un bonheur éternel ! et c'est la voix de cette religion qui vient d'éveiller en moi une si douce espérance ! Tout n'est pas perdu pour toi,

m'a-t-elle dit. Se pourrait-il?.... » Par un
mouvement involontaire je me trouvai à genoux sur mon lit, en prononçant ces derniers
mots. Alors, m'inclinant profondément : « O
mon Dieu! m'écriai-je ; Dieu puissant, Dieu
de bonté que j'ai méconnu, ayez pitié de ma
misère; manifestez-vous à mon cœur; daignez l'éclairer et lui inspirer ce qu'il doit
sentir pour mériter votre clémence. Mon
Dieu, je m'humilie devant vous, je suis un
misérable; mais votre ministre a dit que vous
vouliez me pardonner : ah! que dois-je faire
pour obtenir mon pardon ? Mon Dieu, je me
soumettrai à tout ; ayez pitié d'un criminel,
d'un pécheur.

Cette prière était la première que mon
âme eût adressée au créateur ; mais dans l'é-
tat où je me trouvais, elle dut être fervente :
je l'ai regardée depuis comme une inspiration.
Il me sembla que Dieu venait de m'entendre;
je me sentis soulagé; je respirai plus libre-
ment après avoir prié. Un instant avant j'étais
agité: mes sens se calmèrent; un baume salutaire pénétrait dans mon cœur; c'était l'espérance. Oh! qu'il est à plaindre, celui qui

souffre et qui ne sait pas prier! de quelle consolation il est privé! Oui, mes amis, je l'éprouvai ce jour-là pour la première fois, et depuis, je l'ai éprouvé chaque jour; le don de prier est un des bienfaits les plus doux que le ciel ait accordés à l'homme. Il n'est pas de maux, il n'est pas de douleurs, il n'est pas de remords qui ne soient adoucis par la prière. Quant vous souffrez, vous avez besoin qu'un ami vous écoute et vous console : Dieu est l'ami, le père, le consolateur qui écoute tous ceux qui le prient. Quels qu'ils soient, dans quelque lieu qu'ils se trouvent, il leur prête l'oreille, il les entend. Le coupable au fond d'un cachot, séparé de toute la terre, est-il entièrement isolé? non, Dieu lui reste: qu'il élève au ciel une fervente prière, et Dieu l'entendra, et Dieu lui donnera force et consolation. O mes amis, je vous parle de ce que j'ai ressenti: captif, en proie à l'insomnie sur un lit misérable, j'ai prié, et l'espérance m'a été rendue.

Le premier désir qui m'occupa fut celui de revoir l'aumônier en particulier, de lui faire l'aveu de mes égaremens et de lui de-

mander des instructions et des conseils. Je
savais que cela était permis à tous les prisonniers , et je résolus de réclamer cette
grâce dès le lendemain. Je me levai au signal
ordinaire , et, quoique fatigué d'avoir passé la
nuit sans dormir, je me sentis ce jour-là plus
dispos de corps et d'esprit. J'allai au travail
de l'école avec une émulation nouvelle et une
ardeur que je n'avais pas encore sentie. Il me
semblait que ma position fût devenue moins
pénible; mon sort me paraissait déjà plus
supportable ; c'était l'effet de la résignation et
de l'espérance que je venais de concevoir. Un
administrateur vint faire une visite à l'école.
Le directeur rendit témoignage des bonnes
dispositions que je montrais, et l'administrateur décida que je pourrais, quand je le
voudrais, suivre les travaux d'un atelier en
même temps que ceux de l'école ; ce dont
j'exprimai ma reconnaissance avec une joie
très-vive.

Je saisis cette occasion pour demander la
permission de m'entretenir en particulier avec
l'aumônier. Elle me fut accordée avec em-

pressement, et je me hâtai d'en profiter le jour même.

On me conduisit auprès de lui. En l'abordant, je me sentis pénétré d'un pieux respect, et je ne pus le nommer autrement que *mon père*. « Mon père, lui dis-je, vous voyez un malheureux que vos paroles ont touché jusqu'au fond du cœur. Vous nous avez promis miséricorde ; je viens vous supplier de l'obtenir pour moi, car c'est vous qui êtes le ministre de Dieu.

L'AUMONIER.

Mon fils, Dieu regarde tous les hommes avec une égale bonté, il tend les bras à tous et ne repousse pas le pécheur qui se repent : si vous êtes repentant il vous fera miséricorde.

MOI.

Hélas ! mon père, il me semble que je me repens depuis que la religion m'a parlé par votre bouche. Ce que j'ai éprouvé depuis hier, m'avait été inconnu jusqu'à ce jour. Cette nuit mon âme s'est élevée vers Dieu et j'ai prié.

L'AUMONIER.

Dieu soit loué! la brebis égarée est sur le
chemin pour revenir au bercail. O Dieu de
bonté, bénissez mes paroles et mes œuvres,
pour sanctifier des âmes souillées et les ramener à vous!

MOI.

Je vous en conjure, ô mon père, daignez
entendre le récit de mes erreurs et de mes
crimes, et ensuite instruisez-moi, apprenez-
moi comment je puis mériter devant Dieu et
devant les hommes ce pardon que vous nous
avez annoncé.

L'AUMONIER.

Parlez, mon fils, parlez sans crainte; ou-
vrez-moi votre cœur et humiliez-vous devant
Dieu.

Le prêtre vénérable éleva au ciel ses deux
mains et son front chauve, puis il me bénit;
et moi je commençai le récit de tout ce qui
m'était arrivé depuis mon enfance, tel que
vous l'avez entendu, mes amis. Le vieillard
prit alors la parole.

« Pleurez, mon fils, me dit-il, mais que
vos larmes soient celles du repentir. Vous
avez offensé Dieu, la nature et les hommes.
Mais si votre père abandonné et trahi par
vous voyait votre douleur et vos efforts pour
réparer vos fautes, il vous pardonnerait.
Dieu est aussi votre père, mais celui-là lit au
fond des cœurs et on ne peut le tromper, et
il ne fait grâce qu'au repentir sincère. O
mon fils, réfléchissez chaque jour à votre
conduite passée, et que chacune de vos actions présentes en soit la réparation. Vous
avez réclamé mon secours, je vous aiderai,
ayez du courage. Les préceptes de notre
sainte religion sont ignorés de vous, et voilà
pourquoi vous vous êtes égaré ; commencez
par vous instruire de cette première science.
La parole de Dieu vous est annoncée dans
son temple, venez l'écouter avec attention
et recueillement. Venez auprès de son ministre qui veillera sur vous et s'efforcera d'é-
clairer votre raison. Priez en attendant, priez
avec ferveur, et demandez au ciel la grâce de
persévérer dans vos nouvelles résolutions.
Continuez de travailler avec zèle, car le tra-

3 *

vail chasse le mal comme l'oisiveté l'attire.
J'irai vous visiter dans ces heures laborieuses,
j'irai vous porter de la force et du courage,
car Dieu vous parlera par ma voix et la parole du Seigneur est fortifiante. O mon fils,
gardez-vous de désespérer ; la religion vient
de se manifester à votre cœur, c'est son premier bienfait qui vous annonce tous les autres. Dieu n'a point créé l'homme pervers ;
c'est l'homme qui se pervertit s'il méconnaît
son créateur et ce que son créateur ordonne.
Il s'égare, mais il lui est toujours permis de
revenir. Vous reviendrez, mon fils, puisque
vous le voulez ; vous reviendrez et vous ob-
tiendrez dès ce monde la récompense de
votre conversion. Allez en paix, travaillez,
priez, espérez, et Dieu ne vous abandonnera
pas. »

Je me retirai après avoir reçu la bénédiction de ce pieux vieillard. Mon âme était profondément émue. Je me sentais de plus en
plus ranimé par l'espérance. Toutes les paroles de l'aumônier n'étaient pas encore bien
intelligibles pour moi, qui n'avais reçu jamais
aucune instruction religieuse ; mais sa voix

arrivait à mon cœur, et je sentais qu'il parlait au nom de la sagesse et de la charité. Il
venait de fortifier mes bonnes résolutions et
je ne songeai plus qu'à les accomplir.

~~~~~~

HUITIÈME SOIRÉE.

Occupations d'Antoine dans sa prison; nouvelle conduite; tableau des prisonniers.

COMME il y a une grande uniformité dans
la vie d'un prisonnier, continua Antoine, il me
suffira de vous faire connaître quelles étaient
mes occupations d'un jour, pour que vous
ayez une idée de celles des jours suivans.
J'étais entré dans les ateliers des forges aussitôt que j'en avais obtenu la permission. Mon
temps était partagé dans la journée, entre les
travaux de l'atelier, ceux de l'école, et une
heure de repos après chaque repas. Deux
fois la semaine l'aumônier faisait à l'école
une instruction religieuse; le dimanche après
la messe il prononçait un sermon; souvent il
venait nous visiter dans les heures de travail, et, comme il me l'avait promis, il s'approchait de moi et m'adressait des paroles en-
courageantes. Avant et après le travail, on
nous faisait faire la prière en commun.

J'apportai une si grande attention aux instructions de l'aumônier, que j'avais d'abord écoutées avec mépris, que je fus en peu de temps pénétré des vérités de notre religion. Ah! que je lui rende hommage! c'est elle qui a soutenu mes forces pendant cette longue épreuve : plus d'une fois le découragement se fût emparé de moi sans cet appui salutaire, mais il ne m'a jamais manqué. Indépendamment des prières ordinaires, je m'en étais composé pour moi une particulière, qui était ainsi conçue :

« Mon Dieu ! accordez-moi le pardon de mes offenses, et donnez-moi la force de les expier avec résignation. Si mon repentir peut mériter votre clémence, ô mon Dieu, faites que je puisse embrasser les genoux de mon malheureux père et recevoir sa bénédiction !»

Je ne manquais point chaque jour de répéter cette invocation. Mon cœur était déchiré toutes les fois que je songeais à mon père ; et les plus sombres réflexions s'emparaient de moi. Dieu ! si l'ingratitude et le déshonneur de son fils lui avaient donné la mort ! Je me suis donc exposé à être parri-

cide! Oh! combien d'années de ma vie j'eusse
sacrifiées pour le revoir un seul instant ! Mon
Dieu, mon Dieu! m'écriais-je, conservez-moi
mon père! épargnez-moi des remords éternels! — Non, mes amis, non, rien autre que
la prière n'eût été capable d'adoucir l'amertume de ces horribles pensées.

Aussitôt que je fus en état d'écrire, j'a-
dressai successivement plusieurs lettres à
mon père à Rennes; mais je n'en recevais
aucune réponse. Ce silence me causait un
profond chagrin; cependant je ne perdais pas
entièrement l'espérance, et j'éprouvais une
sorte de pressentiment qui soutenait mon
courage.

Dans les heures de repos ou de récréation,
je m'occupais à lire dans le Nouveau Testament et dans un autre livre qui m'avait été
donné comme récompense de mon assiduité
et de mon application. Cette lecture me faisait du bien ; l'Évangile m'enseignait des vérités consolantes. La bonté et la clémence que
ce livre divin annonce aux pécheurs, me
donnaient de nouvelles forces pour persévérer dans ma conversion. Dans l'autre livre, je

trouvais quelques situations qui avaient du rapport avec la mienne; elles m'inspiraient un vif intérêt et étaient encore pour moi un nouveau motif d'encouragement.

Je travaillais avec ardeur à l'atelier; la fatigue m'avait semblé un peu rude dans le commencement; mais je suivis le conseil que me donna un jour notre digne aumônier. «Mon enfant, m'avait-il dit, lorsque vous sentez votre corps accablé, élevez votre âme vers le Seigneur, offrez-lui vos souffrances, elles deviendront un mérite pour vous et il communiquera à vos membres une nouvelle vigueur.» J'éprouvai la vérité de ses paroles. Quand les forces me manquaient : «Mon Dieu, disais-je, acceptez mes souffrances en expiation de mes fautes!» Et bientôt je me sentais ranimer, et je remerçiais mon céleste appui.

La pensée par laquelle j'étais le plus souvent ébranlé, était celle de ce long avenir de douleur et de captivité que je voyais encore devant moi. C'était alors que j'avais besoin de rappeler toute ma résignation, et d'invoquer le secours de la religion. Cependant j'éprouvais déjà une partie de l'effet de ses pro-

messes; ma nouvelle conduite obtenait une
première récompense; je commençais à me
réconcilier avec moi-même; je rougissais du
passé, je pleurais sur mes fautes, mais je ne
rougissais plus de moi dans le présent. Je
voyais que ma conduite était remarquée et
qu'elle recevait des éloges; cela me fit faire une
réflexion. « Il est donc vrai, me dis-je, que je
ne dois pas désespérer de regagner un jour
quelque estime de la part de mes semblables;
j'ai fait encore bien peu pour cela, et déjà
cependant on applaudit à mes efforts. Ah!
continuons, continuons, efforçons-nous de
mériter cette indulgence. » Cette perspective
me rendait tout mon courage. Je ne songeais
plus à m'évader : le moyen s'en fût offert à
moi que je n'en eusse pas profité. J'aurais cru
me rendre coupable de nouveau, et perdre
par-là tout le fruit de mes premières souffrances. Je n'avais plus qu'un seul but, celui
d'accomplir mon expiation et d'effacer le
souvenir de mon infamie par une vie nouvelle.

Dans les dispositions où j'étais, je ne devais naturellement négliger rien de ce qui

pouvait contribuer à les entretenir et à les
fortifier. J'observais les autres prisonniers qui
travaillaient avec moi, et ce tableau singulier
m'offrait des constrastes dont, avec un peu
de réflexion, il m'était aisé de faire mon profit. Je n'étais pas le seul qui fût assidu à
l'ouvrage; plusieurs de mes compagnons d'infortune me paraissaient avoir fait des réflexions semblables aux miennes; mais je
voyais avec chagrin que c'était le petit nombre. D'autres venaient à l'atelier avec répugnance et comme contraints par la nécessité
ou par l'ennui. Leur visage était sombre, leur
regard farouche et menaçant; leur bouche
ne s'ouvrait que pour prononcer des blas-
phêmes et des malédictions. Tout en eux portait l'empreinte du crime, de l'endurcissement et de la réprobation. Ce spectacle me
navrait le cœur. « Mon Dieu, disais-je, je
vous rends grâce de ne m'avoir pas confondu avec ces malheureux. Hélas! ils ne
veulent pas entendre votre voix; ils s'enve-
loppent dans le crime; je le vois trop, ils ne
sortiront d'ici que pour outrager encore le
ciel et la société, et peut-être la liberté ne leur

4

sera-t-elle rendue que pour leur ouvrir la
route qui mène à l'échafaud. »

D'autres détenus, d'un caractère différent,
manifestaient toujours une gaieté indécente
et grossière, qui n'était guère moins affli-
geante que la taciturnité des premiers. Ils
paraissaient braver les hommes et le ciel. In-
sensibles au déshonneur, indifférens pour la
vie et pour l'éternité, ils riaient insolemment
de leur situation. Le souvenir de leurs crimes
passés égayait leur captivité, et leur unique
espérance était dans leurs crimes à venir. Le
désespoir des autres servait à les divertir, et
ma conduite, ainsi que celle de mes pareils,
était pour eux un objet continuel de déri-
sion. Je gardais au milieu d'eux un douloureux silence. Infortunés! je voyais trop comment ils ne pouvaient manquer de finir!

Un jour, un homme d'une cinquantaine
d'années se trouva placé près de moi pendant
que je travaillais. Il me dit à demi-voix : « Courage, camarade! tu travailles, tu t'amendes,
tu fais bien! » Je le regardai avec surprise, et
je vis que c'était le même avec lequel j'avais
été transféré à la maison de reclusion, et qui

avait répondu à mes questions pendant le tra-
jet. Je n'avais eu depuis lors aucune conversation avec lui, mais j'avais remarqué qu'il
était toujours silencieux et sombre, et qu'il
paraissait toutefois résigné à son sort. Comme
il vit que je le regardais sans lui répondre :
« Oui, tu fais bien, répéta-t-il; continue. —
Je vous remercie, lui dis-je, de l'intérêt que
vous me témoignez. — Ah ! reprit-il avec un
soupir, je sais ce que je dis. Après le dîner
rapproche-toi de moi et je te parlerai. »

Ces paroles m'occupèrent vivement jusqu'à l'instant où je pus me rendre à l'invitation de ce compagnon de captivité, pendant
l'heure de repos qui suivait le dîner.

« Mon enfant, me dit-il, tu es jeune et il
est encore temps pour toi de bien employer
un grand nombre d'années. Je vois que tu y
es disposé, et je veux te donner une leçon.
Que j'aie fait au moins quelque chose d'utile
une fois dans ma vie. Écoute mon histoire et
fais-en ton profit. »

Antoine s'arrêta et remit au jour suivant
le récit du prisonnier que son auditoire paraissait fort empressé d'entendre.

NEUVIÈME SOIRÉE.

Histoire de Jacques; conséquences de l'endurcissement;
pouvoir d'un bon exemple.

Mon camarade, reprit Antoine le lendemain, s'exprima ainsi :

« Je m'appelle Jacques et je suis né à Paris.
Lorsque ma mère me donna le jour elle me fit
sans s'en douter un triste présent. Mais la pauvre femme n'est plus de ce monde, et j'aurais
tort de lui faire un reproche, car elle m'a
reprimandé assez souvent, et si je n'ai été
qu'un coquin c'est ma faute et non pas la
sienne. Je n'ai jamais voulu rien apprendre
ni rien faire; et tu sais comme moi, mon
camarade, où cela mène. La gourmandise et
le libertinage furent mes vices favoris, auxquels ne tardèrent pas à se joindre tous ceux
qui leur servent ordinairement d'escorte. Je
crois que j'étais gourmand avant d'avoir des
dents; et mes quinze ans n'étaient pas encore
accomplis que j'étais déjà un petit débauché

bien consommé. Dieu sait quelle société je
voyais et comment je passais ma vie. Mes
goûts étaient assez dispendieux ; mais comme
j'avais peu de scrupules et beaucoup d'audace, je n'étais jamais très-embarrassé pour
me procurer les moyens de les satisfaire. J'a-
vais sous ce rapport une imagination très-
féconde en ressources, et elle était servie par
une merveilleuse adresse pour l'exécution.
Cependant quelque subtils que fussent mes
tours, je ne devais pas pouvoir les multiplier
long-temps impunément. En effet, je me trouvai un certain soir compromis dans une querelle à la porte d'un mauvais lieu, où je faisais
de fréquentes visites. La dispute s'étant échauf-
fée, on en vint aux coups de poings ; j'en
donnai et j'en reçus ; des carreaux de vitres
furent cassés, des étalages de marchands ren-
versés, des habits déchirés et quelques poches percées ; car beaucoup de gens s'étaient
attroupés dans la rue. Les combattans, au
nombre desquels j'étais, furent arrêtés et
conduits au prochain corps-de-garde. Là, sans
qu'on nous en dît le motif, nous fûmes tous
fouillés, et l'on retira de ma poche une mon-

tre qui, par une fatalité singulière, se trouva précisément être celle du commissaire de police. La chose me parut si drôle que je ne pus m'empêcher d'en rire, ce qui ne me valut point l'absolution, car je fus jugé comme escroc et condamné, grâce à mon extrême jeunesse, seulement à une année de prison.

» Je pris assez gaiement mon parti, quoique je regrettasse fort ma liberté et que je me visse privé, pour trois cent soixante-cinq jours, de faire bonne chère et de me livrer à la débauche. Dans la prison où je fus enfermé, il y avait une école comme dans celle-ci ; on me força d'y assister et ce fut ce qui me déplut davantage. Je le fis de si mauvaise grâce que j'y appris à peine à connaître mes lettres, et encore bien malgré moi. Mais en revanche, j'étais beaucoup plus attentif à d'autres leçons que je reçus.

» J'avais parmi mes camarades de très habiles fripons qui ne faisaient point un mystère de leur savoir-faire, et qui donnaient volontiers des conseils aux jeunes détenus. Ils ne se faisaient nullement prier pour cela, et allaient même au-devant de nos désirs. Je

me plaisais singulièrement dans leur conversation ; je les regardais comme des hommes
supérieurs, et j'étais extrêmement flatté lorsque j'obtenais leurs éloges, après avoir raconté
devant eux quelqu'une de mes mauvaises actions. Ces misérables instructeurs faisaient
absolument le métier du diable, et semblaient
être envoyés par lui pour consommer notre
perte. Je m'instruisis auprès d'eux d'une
foule de choses qui m'étaient encore incon-
nues ; et lorsque je fus rendu à la liberté,
j'emportai avec moi la plus dangereuse et la
plus fatale instruction.

» Ma mère eut l'extrême bonté de me pardonner. Elle crut au feint repentir que je
jouai devant elle. Il devait en effet paraître
naturel, après la correction que je venais de
subir ; mais elle ne put méconnaître bientôt
que j'étais toujours le même, car je ne tardai
point à reprendre ma mauvaise conduite, et
d'une manière encore plus scandaleuse que
par le passé. Quelque pervers que l'on soit,
il est des sentimens qui ne peuvent jamais être
entièrement étouffés; aussi ne puis-je penser
sans une véritable douleur que mes déporte-

mens ont peut-être contribué à abréger ses jours. Je la perdis au moment où ma majorit-venait de sonner. Je fus alors assez peu sensible à sa perte, tant mon cœur était dénaturé, tant j'étais entraîné par mes passions. Je songeai que je n'avais plus de censeur de mes actions, et je m'occupai de recueillir le peu que les économies de cette pauvre mère l'avaient mise à même de me laisser.

» Il n'y en avait pas pour long-temps au genre de vie que je menais. Tout fut bientôt dissipé au moyen des filles et de la table. J'eus alors recours à l'application des préceptes que j'avais recueillis auprès de mes professeurs pendant ma captivité. Je ne te raconterai pas tout ce que je fis, car je ne veux pas ressembler à ceux qui m'avaient donné ces belles leçons. Je te dirai seulement que je regrettai une fois de n'avoir pas appris à écrire, parce qu'il se présentait une occasion de gagner beaucoup d'argent en faisant un faux.

» Qu'il te suffise maintenant de savoir que j'en fis assez pour être repris et condamné à quinze ans de reclusion, au carcan, et à une

petite opération dont je porterai toute ma
vie la cicatrice sur l'épaule.

» Cette fois je ne pris pas la chose aussi
gaiement qu'à ma première condamnation.
Cette perpective de quinze ans de captivité
me sembla insupportable, et dans le premier moment j'aurais, je crois, préféré un
arrêt de mort. J'éprouvai un instant de désespoir ; mais ensuite je fis réflexion que
j'étais jeune, que je pouvais subir ma peine
avec de la patience, et qu'il me restait encore l'espoir d'un grand nombre d'années
après avoir recouvré ma liberté. Cette pensée me rendit mon courage ; et lorsque je
fus enfermé dans le lieu où je devais rester
pendant quinze ans, je m'efforçai de le trouver moins désagréable qu'il ne l'était, et de me
soumettre d'aussi bonne grâce que je pus à
la nécessité. Hélas ! que ne pris-je alors le
parti que je te vois suivre, mon·jeune camarade ! J'étais jeune comme toi, il m'eût
été comme à toi permis d'espérer un meilleur avenir. Je pouvais m'instruire et travailler comme tu fais ; je pouvais me prépa-
rer des moyens d'existence pour l'époque où

je serais rendu à la société ; je pouvais
adoucir ma reclusion, et peut-être en avan-
cer le terme par une bonne conduite, comme
je ne doute pas que cela ne t'arrive... — Que
dites-vous ? m'écriai-je, interrompant Jacques;
je pourrais sortir d'ici avant mes dix années révolues ? — Cela est très-possible, et je ne pense
pas qu'on te laisse achever ton temps. —
Mais comment ?.... — Tu ne sais donc pas que
le roi se fait rendre compte de la conduite
des détenus, et que de temps en temps il
accorde des grâces à ceux qui s'en sont
rendus dignes ? » — Je ne pus rien ajouter ;
je joignis mes mains, et j'élevai au ciel mes
yeux qui venaient de se remplir de larmes.

« Courage, reprit Jacques, je te dis que
tu n'achèveras pas ton temps ; mais écoute
la suite de mon histoire.

» J'aurais donc pu m'amender comme toi
et devenir honnête et laborieux ; j'en avais
les mêmes moyens. Mais je ne voulus rien
faire pour cela. Je me moquais des sermons
de l'aumônier ; je n'apportais aucune attention aux instructions qu'il me fallait écouter,
et je travaillais malgré moi, avec tant d'in-

souciance que je n'appris rien qui pût m'être
utile par la suite. Cependant je faisais de
beaux plans pour l'avenir. Je méditais dans
mon esprit les indignités que je me promet-
tais de commettre encore un jour ; comme
si j'eusse voulu me venger de la société , qui
n'avait pas consenti à ce que je jettasse libre-
ment le désordre au milieu d'elle. Mes amu-
semens consistaient à professer à mon tour
et à raconter mes scandaleuses aventures à
des détenus plus jeunes que moi. Mais j'eus
plus d'une fois sujet de m'en repentir ; car
nos surveillans étaient sévères sur ce chapitre. Lorsque cela m'arrivait et qu'on en
avait connaissance , j'étais puni par une tâche
plus forte, on m'isolait des autres et j'étais
mis au pain pour unique nourriture ; châtiment pour moi très-douloureux en raison
de mes goûts.

» Enfin cette longue période de quinze
ans s'écoula , et je recouvrai ma liberté. Quel
usage penses-tu que j'en aie pu faire après
ce que je viens de te dire ? Ce n'est pas de
me voir ici que tu dois être étonné ; c'est de
ce que je ne suis pas allé mourir sur un

échafaud ou du moins aux galères. Dieu merci! je n'en ai pas eu le temps, et la vigilance de la justice ne m'a pas permis d'aller jusque - là. J'étais surveillé sévèrement, comme tu peux penser. Quand un misérable comme moi sort de prison, après avoir montré un semblable endurcissement pendant sa reclusion, il est naturel que la société ne le reçoive qu'avec défiance. Des notes sévères sont remises sur son compte, et la police a des yeux de linx ouverts constamment sur lui. Il se trompe s'il croit pouvoir être plus habile qu'il ne l'a été, et échapper à cette redoutable surveillance. Je ne fus pas long-temps à en faire l'épreuve. N'ayant pas d'autre moyen d'existence que mon ancien métier, et n'ayant pas voulu en acquérir un honnête, j'entrepris de l'exercer aussitôt que l'occasion s'en présenta. Je croyais avoir bien pris toutes mes mesures pour une très - belle expédition, et j'espérais qu'on ne songeait plus à moi; mais j'étais loin de compte, puisque je fus pris en flagrant délit, et traîné de nouveau en prison.

» L'affaire n'était pas de la nature la plus

grave ; mais j'étais repris de justice pour la deuxième fois, et cette circonstance l'aggravait beaucoup. L'arrêt qui fut rendu me condamna à vingt années de reclusion. Il y en a deux à peine que je suis ici ; j'approche de la cinquantaine ; ainsi c'est à peu près comme si j'étais enfermé pour le reste de mes jours. Toute mon audace est tombée devant ce terrible arrêt. Il semble qu'il ait arraché un bandeau dont mes yeux avaient jusqu'alors été couverts : dès ce moment, j'ai vu tout à la fois l'abîme où j'étais précipité, le chemin qui m'y avait conduit, celui que j'aurais dû prendre pour n'y pas arriver. Mes égaremens m'ont été dévoilés et se sont montrés à moi sous l'aspect le plus hideux. Hélas ! il n'était plus temps, mes yeux s'ouvraient trop tard. Il n'y avait plus de remède pour ce monde, et il ne me restait qu'à choisir entre le désespoir et la résignation. Je n'eus dans le premier moment assez de force ni pour l'un, ni pour l'autre ; je tombai dans un profond abattement, qui finit par ressembler à de l'indifférence. J'étais dans cet état lorsque je fus amené ici avec toi. Depuis que je t'ai

observé, j'ai vu ta conduite, mon jeune camarade, et j'aurais bien de la peine à t'exprimer tous les regrets qu'elle m'a fait sentir.
Que de fois je me suis dit! « Misérable, si
tu avais fait ce que fait ce jeune homme,
peut-être aujourd'hui serais-tu dans une situation heureuse et libre; peut-être serais-tu
dans le monde, malgré l'infamie dont tu
portes le sceau depuis long-temps, méritant
au moins de l'intérêt au lieu d'indignation.
Oh! réflexion tardive! je suis déjà mort à
moitié, à moitié réprouvé; et il n'est plus
de réparation possible à mes crimes.... »

— « Malheureux! interrompis-je, ah! gardez-vous de tenir ce langage; c'est celui du
désespoir, c'est celui de l'impiété. O mon
infortuné compagnon, s'il n'est plus d'espoir
pour vous d'obtenir la miséricorde des
hommes, celle de Dieu est plus grande,
elle est sans bornes. Jamais, jamais il n'est
trop tard pour se repentir devant lui... »

« Je t'entends, reprit Jacques en me serrant
la main, je t'entends, mon ami, et je te dois
une éternelle reconnaissance. Va, ton exemple a déjà fait sur moi plus que ne pourraient

faire tes paroles. Si ta conduite m'a donné
des regrets, elle m'a fait aussi concevoir
une espérance que je n'avais jamais connue.
Je sais que je ne puis plus prétendre au bonheur dans ce monde ; mais tu m'apprends à
croire qu'il est une autre vie, où tout n'est
pas désespéré pour moi. Puissé-je mériter du
ciel la clémence que la terre ne doit plus
m'accorder ! Jeune homme, tu m'as donné
une grande leçon, tu m'as appris la résignation. Je ne pouvais t'offrir en retour que
l'exemple de mon infortune ; qu'il serve au
moins à te fortifier dans tes résolutions, en
te montrant le sort qui est réservé à ceux
qui persévèrent dans le vice. »

Ainsi parla le malheureux Jacques, et ses
dernières paroles m'arrachèrent des larmes
qui furent la seule réponse que je pus lui
faire.

DIXIÈME SOIRÉE.

Espérance conçue par Antoine ; il persévère ; il obtient
une fonction ; apparition d'un nouveau personnage.

Le récit de mon infortuné compagnon
avait fait sur moi une impression qui se pro-
longea long-temps. Je trouvais une grande
consolation dans la douce pensée d'avoir
contribué, par l'influence de ma conduite, à
ramener un coupable à des sentimens religieux. Je regardai comme une marque de la
clémence de Dieu envers moi d'avoir daigné
me rendre l'instrument de la conversion de
mon semblable. Cette grâce me parut un
signe non équivoque de miséricorde ; j'en
remerciai Dieu avec une ardente ferveur,
et je priai du fond du cœur pour le malheureux Jacques.

Ce qu'il m'avait dit relativement à la d
rée de ma reclusion m'avait frappé trop vivement pour que cela ne revînt pas à ma pensée. Je n'osais concevoir une si flatteuse espérance ; mais je sentais combien on me

rendrait heureux en la fortifiant et l'encourageant en moi. Je brûlais d'en parler à l'aumônier, et je saisis avec empressement le
premier instant où il me fut possible de
m'entretenir avec lui. « Mon père, lui dis-je,
on m'assure que le temps de ma détention
pourrait être abrégé, si je m'en rendais
digne. Je vous en prie, confirmez cet espoir,
ou détruisez mon erreur, si c'en est une. —
On ne vous a point trompé, mon fils, me
répondit-il; il dépend de vous en grande
partie d'obtenir ce bienfait de la clémence
royale. Le roi, qui représente Dieu sur
la terre, se plaît à imiter sa miséricorde. Son
cœur paternel gémit toutes les fois qu'un de
ses sujets se met dans le cas d'être atteint
par la loi qui frappe les coupables. Il a voulu
adoucir, autant que l'équité peut le permettre,
le sort de ceux que les tribunaux condamnent
en son nom; il a voulu surtout offrir les
moyens de revenir au bien à ceux qui en
sont susceptibles. Il a été pour vous enfin
une seconde providence. Vos administrateurs
obéissent aux ordres de cet auguste protecteur, et remplissent ses intentions bienfai-

4 *

santes en s'occupant de vous chaque jour. C'est à leurs soins et à la bonté du roi que vous devez ces moyens d'instruction et de travail qui vous sont offerts. Ils tiennent note du zèle, des progrès, de la conduite de chaque prisonnier, et ils en rendent aux ministres du roi un compte fidèle. Dans ces rapports, le monarque veut que celui qui s'en est rendu digne soit signalé à sa clémence, et son cœur est content s'il trouve l'occasion de faire grâce sans que la justice murmure. Continuez, mon fils, de travailler à mériter la clémence du trône, et ne désespérez pas qu'elle ne s'étende sur vous. Vous êtes en bon chemin. Vous avez imploré l'aide de Dieu, et Dieu vous a aidé. Dieu, qui lit dans les cœurs, pardonne au véritable repentir ; mais la société exige des garanties avant de pardonner. Songez à tous les torts que vous avez à réparer envers elle. Redoublez d'efforts pour y parvenir ; que toute votre conduite soit la preuve de vos regrets et de votre désir d'effacer le souvenir de vos crimes par un avenir irréprochable. Dieu merci, je n'ai plus qu'à vous inviter à persévérer. Eh bien, oui, nourrissez l'espoir que vous avez

conçu ; qu'il soit pour vous un nouvel encouragement ; je vous l'avoue, si cela peut
vous donner des forces, je le partage avec
vous. »

Ces derniers mots me causèrent une joie
si vive que je fus sur le point de sauter au
cou de l'aumônier ; mais le respect me retint,
et le mouvement que je venais de faire me
fit sentir que, dans ma position, je n'étais pas
digne d'approcher de si près cet homme vénérable. Un autre mouvement me jeta à
ses pieds. « Envoyé de Dieu, m'écriai-je, ô
mon appui, mon consolateur, pardonnez-
moi. Oh ! que ne dois-je point à vos pieux
conseils et à votre céleste indulgence ! Vous
ressemblez à ce Dieu au nom duquel vous parlez ; car vous tendez les bras comme lui à ceux
qui vous ont méconnu, comme lui vous pardonnez à ceux qui vous ont outragé, comme
lui vous annoncez la miséricorde à ceux qui se
repentent. Ah ! laissez-moi verser des larmes
amères, en songeant à mon irrévérence avant
- que vos paroles eussent touché mon cœur. »
— L'apôtre me sourit avec bonté et me ten-
dit une main qui fut à l'instant baignée de mes

larmes. — « Calmez vos regrets, mon fils, me
dit-il, et puissent le ciel et la société humaine
vous pardonner comme je vous pardonne. »

Oh ! malheur à celui qui serait insensible
à l'émotion que je ressentais en ce moment !
Quel cœur assez endurci pourrait résister aux
accens de cette charité divine? Je décrirais
mal le mélange de sentimens qui remplissaient
le mien : regrets, reconnaissance, admi-
ration, humilité, espérance ; oh ! combien
je me sentais fort ! Il me semblait qu'aucune
tentation du mal ne pût désormais ébranler
mon âme.

Ma conduite, mes dispositions, l'ardeur
avec laquelle je me livrais au travail, n'a-
vaient point échappé à mes surveillans et aux
directeurs des ateliers et des travaux. Il n'y
avait pas beaucoup plus de deux ans que
j'étais dans les ateliers de forges, et j'étais
déjà devenu fort habile. J'avais de l'aptitude,
de la force, et j'apportais tant de bonne volonté, que je ne pouvais manquer de réussir
parfaitement. J'allais chaque jour bien au-
delà de la tâche qui m'était donnée, et je sa-

vais que tout cet excédant de travail était
à mon profit. Je devais en recueillir le fruit
en sortant de prison, et je faisais tous mes
efforts pour amasser une petite somme qui
pût me mettre à même de me tirer d'affaire
honorablement, quand je rentrerais dans le
monde.

Pour faciliter la surveillance et pour diriger le travail des nouveaux ouvriers, on
choisissait quelques-uns de ceux qui se mon-
traient les plus habiles et qui pouvaient inspirer le plus de confiance. Cette distinction
avait depuis long-temps excité mon ambi-
tion; je la regardais comme une marque
d'estime pour celui à qui elle était accordée, et il me semblait que ce serait un pas de
fait vers celle que je sentais le besoin de re-
conquérir. C'était encore là un but de mes
efforts, et j'avoue que ce désir agissait très-
puissamment sur moi. Enfin, j'eus le bonheur d'être assez distingué pour l'obtenir, et
je dois confesser que ce fut un des beaux
jours de ma vie. Je sentis bien vivement le
prix de cette faveur, qui me rehaussait déjà
dans ma propre opinion. Je crus, en me

voyant chargé d'une fonction, me sentir rap-
proché de cette société dont j'avais mérité
d'être banni.

Quel nouveau motif de persévérance ! Il
est un sentiment bien naturel à tous les
hommes, et qui n'a rien que d'honorable
lorsqu'il ne s'y mêle pas d'orgueil, c'est
celui qu'on éprouve en songeant que le bien
qui nous arrive est le fruit de nos efforts
et de notre travail ; je m'y livrais avec délices.
Toutefois, les leçons de l'aumônier étaient
trop présentes à mon esprit, pour que je
ne fisse pas hommage de mon succès à ce
Dieu qui m'avait donné la force et la volonté
de l'obtenir.

Après tout ce que je vous ai dit, mes amis,
vous croirez sans peine qu'il me fut aisé
de me faire aimer de ceux qui m'étaient
subordonnés dans mon nouveau poste. Dieu
merci, j'étais loin d'en tirer vanité vis-à-vis
d'eux. Mon principal désir fut de chercher
à leur être utile, en leur facilitant le travail et en les y encourageant. Tous n'appré-
cièrent pas mes efforts pour cela ; mais je
trouvai de la reconnaissance dans le plus

grand nombre, et ce souvenir m'a toujours été bien doux.

Il se trouvait, parmi les nouveaux ouvriers que je fus chargé de diriger, un jeune homme pour lequel j'avais ressenti, dès le premier abord, un vif intérêt et un entraînement particulier. Il ne paraissait pas âgé de plus de dix-huit ans ; sa taille était élevée, ses traits beaux et réguliers ; il avait des cheveux noirs très-touffus, un regard doux, et ses grands yeux souvent baissés étaient presque constamment remplis de larmes. Il parlait peu mais on l'entendait pousser de fréquens soupirs, et il eût été difficile de n'en pas être profondément touché.

Je l'avais remarqué dès le premier jour. Il m'avait inspiré une tendre pitié. Le travail paraissait le fatiguer beaucoup, et les forces lui manquaient souvent. Je faisais mon possible pour l'aider et lui éviter de la peine. Il s'en apercevait, et me regardait alors avec une expression de reconnaissance; dans un de ces momens, il me dit d'un ton qui alla jusqu'à mon cœur : « Je vous remercie! »

Je désirais vivement lui parler; mais je

craignais d'aigrir sa douleur, et je la respec-
tais. Cependant je songeai que je pourrais
ne lui pas être inutile si je parvenais à gagner
sa confiance ; je me décidai donc un jour à
lui dire : « Camarade, vous paraissez souffrir
beaucoup. » Il était en effet ce jour-là plus
sombre encore que de coutume : un soupir fut
sa seule réponse. « Me craignez-vous ? ajoutai-je ; si vous avez besoin d'ouvrir votre
cœur, parlez-moi ; vous devez voir que, sans
les connaître, je ne suis pas insensible à vos
peines. — Oui, oui, oh ! oui, répondit-il, je
vous remercie ; vous avez pitié de moi, et
cela me fait beaucoup de bien. — Ayez donc
un peu de confiance. Peut-être pourrai-je vous
inspirer ce dont vous avez besoin et paraissez manquer, du courage. — Vous avez raison, j'en ai besoin, mais il est bien abattu.
Puisque vous me portez cet intérêt dont je
suis si reconnaissant, je parlerai ; je n'espérais pas trouver ici un être si compatis-
sant. »

Je lui serrai la main ; deux grosses larmes
coulèrent le long de ses joues, et nous ne
nous parlâmes plus jusqu'au moment où je pus

me rapprocher de lui pour lui demander la confidence qu'il venait de me promettre. Il me la fit, mes amis, dans les termes que je vous rapporterai demain.

ONZIÈME SOIRÉE.

Histoire du jeune André et de sa mère ; remords d'un
cœur maternel ; piété filiale ; pouvoir de la religion.

« Il faut, me dit le jeune prisonnier, que
vous m'inspiriez une grande confiance et que
j'aie un besoin bien impérieux de vous ouvrir
mon cœur, pour me résoudre à l'aveu que je
vais vous faire. S'il ne s'agissait que de moi, il
me coûterait peu ; mais ma mère !.... Est-ce
à moi de révéler ses fautes ? Ah ! le ciel sait
si je l'aime et si je la respecte. Mais vous,
vous avez consolé son fils, et je suis sûr
qu'elle-même m'engagerait à ne vous faire
aucun mystère de ce qui nous concerne.

» Ma ville natale est sur les frontières du
nord de la France. Mon père était un honnête marchand ; j'eus le malheur de le perdre très-jeune, et, quoique je fusse alors peu
en état de sentir toute l'étendue de cette
perte, je n'ai que trop été dans le cas de
l'apprécier depuis. Ah ! qu'un père doit être

un appui doux et sûr pour un jeune homme! »

Ces mots m'arrachèrent un profond soupir et me firent tressaillir.

« Ma mère, continua André (c'était le nom de mon jeune camarade), ma mère est douée d'un caractère bizarre qui offre de singulières oppositions. Sa tendresse pour moi est extrême, son cœur est bon, mais elle est entraînée par des passions ardentes, et aucun principe religieux n'est venu à son secours pour l'aider à les maîtriser. Je n'ose pénétrer la nature de ses liaisons avec un homme qui a été la cause de notre ruine. C'était un employé de la douane. Il venait fréquemment à la maison depuis la mort de mon pere. Tous les voisins remarquaient ses assiduités, et je fus plus d'une fois exposé à soutenir des querelles pour venger ma mère des propos que j'entendais tenir sur son compte. J'aurais donné ma vie dix fois pour n'avoir pas à endurer de semblables humiliations, et je vous assure qu'il est affreux pour un fils d'avoir à rougir de sa mère. Le respect que j'avais pour elle me fermait la bouche, et je

m'efforçais de ne point voir ce que les autres voyaient.

» Un jour que le douanier avait dîné avec
nous, ma mère me pria de sortir, parce
qu'elle avait à causer d'affaires avec notre
hôte. Lorsque je fus de retour elle était
seule ; elle me fit asseoir et me dit : « Écoute,
» André, tu es assez raisonnable pour que
» je puisse te confier un secret, et pour pou-
» voir me seconder dans une entreprise qui
» doit faire notre fortune. » Je ne sais pourquoi ces paroles m'effrayèrent au lieu de me
réjouir ; j'éprouvai un funeste pressentiment,
et il ne me semblait pas que rien de bien
pût résulter des relations de ma mère avec
cet homme, qui m'inspirait une invincible
aversion. Cependant, je promis à ma mère
de faire avec soumission tout ce qu'elle exi-
gerait de moi. Elle m'apprit alors que le
douanier avait des moyens pour introduire
en France des marchandises anglaises prohi-
bées, venant par la Hollande ; que ces marchandises seraient déposées chez nous ; que
nous nous chargerions de la vente, et que les
bénéfices seraient de moitié. Cette idée me

fit frémir; mais ma mère, qui s'en aperçut,
se mit à rire. « As-tu peur, me dit-elle, de
» faire tort au gouvernement? Va, il est as-
» sez riche, et ce qu'on peut lui dérober est
» de bonne prise. Ce n'est pas voler, cela;
» et tu verras que, quand nous aurons fait
» ainsi notre fortune, elle sera aussi bien
» acquise que celle de tout autre. » Ces
paroles ne me rassurèrent point; cela me
paraissait un véritable vol, et je ne pouvais
croire qu'il fût permis de tromper le gouvernement plus qu'un particulier. J'osai même
en faire l'observation à ma mère, et lui ob-
jecter en même temps que nous nous expo-
sions beaucoup. Elle ne fit que rire de ma
terreur, et s'y prit d'une manière si adroite
et si insinuante, que ma raison céda à ses
argumens spécieux, et que je consentis, moitié par conviction, moitié par faiblesse, à
jouer un rôle dans l'exécution de ce projet.

» Elle eut lieu comme il m'avait été dit:
une quantité assez considérable de marchandises de diverses sortes fut recélée dans notre
maison. Docile aux ordres et aux instructions
de ma mère, j'en débitais mystérieusement

une partie, et elle en faisait autant de son
côté. Les bénéfices que cet indigne métier
nous procurait apportèrent une grande aisance dans notre ménage. Ma mère, qui ai-
mait le plaisir, était ravie de ce nouvel état
de choses. Il est si facile de s'accoutumer au
bien-être, que j'eusse été peut-être entraîné
moi-même à m'en réjouir, sans la présence
continuelle du douanier, à l'égard duquel
ma répugnance était insurmontable. Je ne
pouvais supporter ses visites journalières, et
j'étais désolé de voir ma mère s'exposer à
tous les propos de la médisance en se montrant publiquement avec lui. Hélas! il ne m'é-
tait plus guère possible à moi-même de me
méprendre sur la nature de cette intimité;
mais j'ai toujours évité plutôt que je n'ai désiré d'en avoir la certitude.

» Ils n'étaient que trop fondés, les pressen-
timens qui m'avaient annoncé que cet homme
causerait notre ruine. « Nous sommes per-
» dus, nous dit-il un jour en entrant d'un
» air égaré; tout est découvert. N'y a-t-il
» aucun moyen de faire disparaître ce que
» vous avez chez vous? » Ma mère fut anéan-

tie par cette exclamation ; elle perdit connaissance, et pendant que je lui donnais des
secours, le douanier s'occupait à chercher
quelque expédient pour soustraire nos marchandises aux recherches. Mais il n'y en avait
aucun, et il était trop tard, car notre maison
ne tarda pas à être entourée, assaillie, et il
ne fut pas bien difficile d'y trouver ce que
l'on y cherchait. Nous fûmes arrêtés tous les
trois.

» Les débats de notre procès m'apprirent
que nous avions été vendus par une personne
inconnue, qui avait acheté de nos marchandises, et qui n'était qu'un inspecteur secret
de l'administration. Il n'y avait pas moyen de
nous tirer d'affaire. Le douanier fut condamné à douze années de reclusion, ma pauvre mère à cinq ans; et moi, en considération
des circonstances atténuantes et de l'autorité
maternelle sous laquelle je me trouvais, à
un an et demi seulement.

» Je ne vous peindrai point le moment
de notre séparation, les larmes de ma mère
et les déchiremens de mon cœur. Hélas ! vous
voyez chaque jour le tableau de ma douleur.

Contemplez ma position : je suis jeune, sans
doute, et j'ai peu de temps à rester ici en
comparaison de tant d'autres. Mais quand
j'en sortirai, je n'y laisserai pas ma honte ; je
me trouverai sans appui, et je serai poursuivi
par l'idée de la situation de ma mère. Mère
infortunée ! que mon récit ne vous laisse pas
sans pitié pour elle. Ne la jugez pas avant d'a-
voir lu cet écrit qu'elle m'adresse de sa prison.»

André tira alors de sa poche une lettre
qu'il me remit en versant encore des larmes.
Cette lettre était déjà à moitié effacée ; je
pus cependant y lire ces mots.

« De la prison de ****, le

» C'est avec mon sang que je devrais tra-
cer ces lignes, mon pauvre fils ! Oh ! pour-
ras-tu pardonner jamais à ta mère ? Mère
coupable ! mère dénaturée ! j'ai perdu mon
fils, je l'ai entraîné dans l'abîme. Ah ! les
maux que j'endure ne sont rien ; une captivité sans terme, la mort, des tourmens éternels, ne seraient pas assez pour me punir ;
mais je suis atteinte par le côté le plus sensible ; mon fils souffre, mon fils est dans les

fers, et c'est moi qui l'y ai plongé. Ah ! que fais-tu ? où es-tu ? qu'ont-ils fait de toi ? pourquoi nous ont-ils séparés ? pourquoi ? Ah ! ils sont justes, c'est ta mère qui te corrompait, ils ont dû t'enlever à ta mère pour que l'innocence rentrât dans ton cœur. Qu'ai-je fait, misérable ! Sans moi tu serais pur et heureux. Celle qui devait être ton appui t'a fait tomber dans le précipice ; celle qui devait t'enseigner la vertu, t'a donné l'exemple du crime et t'a ordonné de le commettre. Passions odieuses ! Oh ! fatal égarement ! je crois que ma raison se perd ; il me semble chaque nuit entendre la voix de ton père qui me redemande cet enfant, qu'il avait confié en mourant à mes soins. Cette voix est menaçante, elle fait dresser mes cheveux, elle m'arrache le cœur. Cher enfant, je t'en supplie, pardonne à ta mère, et conjure ton père de lui pardonner. Je n'existe pas au sein des remords qui me déchirent. C'est un supplice de tous les instants. Je suis un monstre. Grâce, grâce, mon fils, fais grâce à ta mère ; tu ne la reverras jamais ; elle espère ne pas sortir de ce lieu de douleur ; elle ne peut ré-

sister long-temps aux angoisses qui la tuent.
André, mon enfant, 'aie pitié d'elle, de ses
tourmens, de ses remords ; ne maudis pas
celle qui t'a donné le jour; laisse-la se mau-.
dire elle-même. Mon André, il en est temps
pour toi, reviens à la vertu; oh ! que je ne
t'aie pas perdu à jamais! Si tu savais ce qu'il
en coûte de ne pouvoir plus la regagner cette
vertu. O mon fils, que ta mère apprenne avant
de fermer les yeux que tu lui pardonnes, et
que son fatal exemple n'a pas perverti ton
cœur pour toujours. Ah ! par pitié, que je
connaisse ton sort.

» JOSÉPHINE B***. »

Après cette lecture, je pressai sur mon
sein le malheureux jeune homme qui sanglotait. « Avez-vous répondu à votre mère ?
lui demandai-je. — Oh ! oui, oui, me dit-il.
— Allons, mon enfant, que le courage ne
vous abandonne pas. Suivez les derniers conseils de votre mère. Songez qu'elle aura besoin de vous quand elle aura achevé sa détention. Si vous voulez m'en croire, vous
confierez vos chagrins à notre digne aumô-

nier. C'est lui qui m'a consolé, il vous con-
solera aussi, et il vous réconciliera avec
Dieu, dont l'appui vous est nécessaire. Dieu
est le protecteur de l'orphelin, ayez recours
à lui et ne désespérez pas. »

Comme je disais ces mots, l'aumônier, qui
était venu nous visiter, s'approcha de moi.
« Mon père, lui dis-je, voici un jeune homme
qui réclame vos secours et qui est digne de
votre compassion. Je vous en conjure, faites
pour lui ce que vous avez fait pour moi; je
le méritais moins que lui. » André me re-
garda avec surprise, et comme pour me reprocher une indiscrétion. Mais l'aumônier
s'adressa à lui avec un regard si rempli de
bienveillance et de charité, que l'expression
de la figure de mon jeune camarade annonça
bientôt de la confiance. Je le laissai avec notre consolateur commun, et j'observai que le
visage du jeune homme s'éclaircissait de plus
en plus à mesure que le pasteur lui parlait.

Le lendemain il me remercia de ma dé-
marche, et les jours suivans je remarquai
que l'aumônier causait souvent avec lui,
comme autrefois avec moi. André travaillait

avec plus de courage., et je n'avais pas besoin de l'aider comme auparavant. Il pleurait
encore, mais il ne se laissait plus abattre. A
cette vue j'élevais mon âme vers Dieu, et je
murmurais tout bas : « Oh ! pouvoir de la
religion ! »

DOUZIÈME SOIRÉE.

Fin de l'histoire de Jacques ; l'infirmerie ; le pêcheur
repentant, et le coupable endurci.

Je ne crois pas, mes chers amis, avoir
éprouvé dans ma vie une émotion comparable
à celle que me causa la scène que j'ai à vous
retracer aujourd'hui. Je voudrais qu'il me fût
possible de vous faire passer, en vous la racontant, l'impression qu'elle produisit sur
moi lorsque j'en fus témoin.

Quelques mois après ma conversation avec
André, que je vous ai rapportée hier, je fus
réveillé dans la nuit par un frère de l'infirmerie qui venait me chercher avec un ordre
de le suivre, parce qu'un prisonnier mourant demandait à me parler. Je me hâtai de
me rendre à cette invitation, qui m'étonnait
d'autant plus que le frère ne put me dire le
nom du détenu qui me faisait appeler.

Je n'avais point été malade pendant tout
le temps de ma captivité, en sorte que je

ne connaissais pas l'infirmerie. Je traversais,
pour la première fois, ces salles où des lits
propres et bien tenus étaient rangés avec
ordre. Le sentiment que m'inspira cette vue
fut celui de la reconnaissance. « Voilà bien,
me dis-je, l'œuvre de la charité; voilà bien
la preuve que la société ne rejette qu'à regret ses membres corrompus, puisqu'elle
prend soin d'eux avec tant d'humanité, même
après en avoir reçu des outrages ! » Des sœurs
qui veillaient dans ce lieu de souffrance, allaient de lit en lit observer les malades, leur
présenter les médicamens , écouter leurs
plaintes, et leur porter des paroles de compassion et de piété. Je fus saisi de respect
en les voyant. « Ames charitables ! murmu-
rai-je, est-ce de la terre que vous attendez
la récompense de votre dévouement ? l'humanité pourrait-elle vous payer de vos sacrifi-
ces ? Oh ! non, votre espoir est en haut;
votre avenir est tout dans ce Dieu dont vous
administrez la miséricorde. »

Arrivé à la dernière salle, j'y trouvai l'aumônier au chevet d'un lit dont les rideaux
étaient ouverts; deux flambeaux allumés

étaient placés auprès; deux sœurs se tenaient à genoux au pied du lit et priaient avec ferveur. On me fit approcher : à peine eus-je jeté les yeux sur la figure du moribond, que je reconnus le malheureux Jacques, dont vous avez entendu les aventures. Mon cœur se serra au point que je ne pus même prononcer son nom. Je le contemplai quelque temps en silence. Enfin il ouvrit ses yeux mourans, les porta sur moi, et me reconnut aussitôt. Un sourire vint sur ses lèvres pâles, et ma vue lui rendit assez de force pour qu'il pût se soulever à demi, et me tendre la main. Rassemblant alors toutes celles qui lui restaient, il me dit : « Ami, te voilà ! je te remercie d'être venu. J'aurais été fâché de mourir sans te dire adieu, et sans te rendre grâce pour tout ce que je te dois. » — Sa voix était presque éteinte; on voulut l'empêcher de parler. — « Non, non, reprit-il avec énergie, laissez-moi remplir un dernier devoir. Vous ne savez pas tout ce que je dois à ce jeune homme ! Je lui dois d'espérer en Dieu et de mourir en chrétien. Viens, jeune homme, viens recueillir le fruit de ton exem-

ple ; viens voir comme on meurt avec résignation quand on a eu le bonheur de se repentir. Reçois de moi cette leçon en retour
de celle que tu m'as donnée. Ah ! que ne
puis-je appeler à mes derniers momens tous
ceux que j'ai scandalisés et peut-être égarés
par mes pernicieux conseils ! que ne puis-je
les rendre témoins de ma conversion , et exprimer devant eux des regrets amers et pro-
fonds. Hélas ! comment réparer le mal que
je leur ai fait ? O mon Dieu ! s'ils ont imité
mes crimes , faites qu'ils imitent mon repentir, et que je ne sois pas la cause de leur
ruine. Et vous, âmes charitables, qui ne m'a-
bandonnez pas à mon heure suprême , unissez
vos prières aux miennes pour que Dieu pardonne à ceux que j'ai corrompus, et pour
qu'il me fasse miséricorde à moi-même. »

Pendant ce discours prononcé par le mourant d'une voix entrecoupée ; les yeux de
l'aumônier étaient élevés au ciel, l'enfant de
chœur qui était à ses côtés sanglotait, les
deux sœurs étaient prosternées, et moi , tenant
la main déjà froide du malheureux Jacques, je
versais des larmes en abondance.

« Tu pleures, ami, reprit-il; va, cesse de t'affliger. Dieu m'a fait une grande grâce. Il m'a arrêté dans le chemin où je marchais à ma perte; il m'a rappelé à lui; il m'a éclairé, et maintenant il daigne mettre un terme à cette vie, où je n'avais plus qu'à gémir sur mes fautes. Regarde! il m'envoie son prêtre à ce moment terrible, pour m'aider à mourir pieusement. Mon père, mes sœurs, et toi mon frère, bénissez-moi et priez pour moi. »

L'aumônier se mit alors à prier à haute voix et le jeune enfant lui répondait; Jacques joignit ses mains et parut plongé dans le plus profond recueillement. Pour moi j'étais tombé à genoux le visage dans mes deux mains. Lorsque l'aumônier eut cessé de prier, il me dit de soulever le corps du mourant, puis il tira du vase sacré le saint viatique et le présenta à Jacques, dont la bouche s'entr'ouvrit pour le recevoir. Quelque chose de serein et de céleste se répandit alors sur ses traits, qui parurent même se ranimer un instant. Ce n'était plus un coupable; c'était un juste prêt à quitter la terre; c'était ce pécheur repentant pour lequel il y a tant de

5 *

joie dans le ciel. Il ne semblait déjà plus tenir au monde, et son âme à demi détachée de
sa dépouille était au moment de prendre son
vol pour aller se réfugier dans le sein de Dieu.

Nous le découvrîmes pour lui administrer
le dernier des sacremens ; ses lèvres s'agitè-
rent, et nous vîmes qu'il priait.

Représentez-vous ce grave et imposant tableau, mes amis : ce pécheur repentant qui
attend la mort, ce prêtre, cet enfant du
sanctuaire, ces flambeaux, ces sœurs pieuses, et cet autre coupable, aussi repentant,
et recevant une si auguste leçon. Oh ! pour-
rais-je dépeindre tout ce qui se passa dans
mon âme ? non, je ne l'entreprendrai pas ; il
est des émotions qui ne s'expriment que par
le silence, et pour lesquelles il n'est point de
paroles. Dieu me protégeait en tout, puisqu'il
m'appelait à un semblable spectacle.

Après avoir reçu l'extrême-onction, Jacques resta immobile dans l'attitude qu'il avait
prise, les mains jointes sur la poitrine. Nous
le contemplâmes ainsi pendant un quart
d'heure. Il ouvrit une dernière fois les yeux,
nous fit une signe de tête, puis il prononça

encore ces mots : « ô mon Dieu ! » et nous entendîmes son dernier soupir.

Cependant j'étais si profondément absorbé dans ce qui se passait sous mes yeux, que je n'avais pas même entendu les gémissemens que poussait un autre mourant à l'extrémité opposée de la salle. Tout rempli de l'impression que je venais de recevoir, je demandai à être reconduit à mon dortoir. « Non, me dit l'aumônier, pas encore ; venez auparavant avec moi. » Je le suivis vers le lit d'où partaient les gémissemens. Quel horrible spectacle ! Je crois voir encore cet homme à demi découvert, les cheveux hérissés, l'œil hagard, les joues caves, les membres décharnés, le teint livide et la bouche écumante. Je fus saisi d'horreur à cet aspect. Le malheureux luttant en vain contre la mort qui s'emparait de lui, s'agitait avec violence sur son lit de douleur ; il se tordait les membres en poussant des cris étouffés ; son visage déchiré par ses ongles était ensanglanté, et ses doigts contractés tenaient encore des poignées des cheveux qu'il s'était arrachés. On eût dit qu'un esprit infernal occupait ce corps à demi

décomposé. Son regard furieux semblait me-
nacer quiconque eût osé l'approcher. Mais la
charité ne connaît aucune crainte, et l'aumônier approcha. Nous vîmes alors une crispa-
tion dans tous les muscles du moribond : c'est
ainsi qu'on nous représente le possédé en
proie à la fureur du démon qui l'agite. « Retire-toi, prêtre, s'écria-t-il ; que me veux-tu?
— Te sauver, répondit l'apôtre, te faire entendre la voix de Dieu qui t'offre encore pardon et miséricorde. — Je ne connais pas ton
Dieu, je ne connais que l'enfer qui est dans
mon sein. Viens-tu m'empêcher de mourir?
je ne veux pas mourir! non, non, je ne veux
pas mourir! » En disant ces mots, il saisissait
avec force ce qui l'entourait, comme, dans un
naufrage, le malheureux que les flots entraî-
nent cherche à s'attacher à des débris. Vains
efforts! la mort et l'enfer étaient déjà dans
son sein. — « Chrétien, reprit l'aumônier, au
nom du ciel, au nom de ton salut, écoute-
moi! — Retire-toi, te dis-je, ô prêtre, retire-
toi! ma rage augmente à ta vue! ta présence
me rend furieux! tremble de m'approcher! »
L'apôtre fit un pas pour le bénir; le mori-

bond se leva avec transport sur son séant, en prononçant d'horribles blasphèmes que je frémirais de rapporter ; puis tout à coup il retomba sans mouvement. Ses membres étaient roidis, ses poings fermés, ses dents serrées ; ce fut dans ce hideux état qu'il expira au bout de peu d'instans sous nos yeux. — « Maintenant, me dit l'aumônier, retirez-vous, mon fils, et allons chacun de notre côté prier pour cet infortuné. »

Mettez-vous à ma place, mes amis, et jugez, si cela est possible, de l'état de mon âme après cette double scène. Quel contraste, grand Dieu ! C'est donc ainsi que meurt le pécheur repentant ; c'est donc ainsi que meurt le coupable endurci ! O moment redoutable ! Qu'elle est précieuse cette religion qui rend la mort calme et facile, qui l'environne d'espoir et en adoucit l'horreur ! Qu'elle est terrible, qu'elle est hideuse cette impiété que les supplices entourent et que les grincemens de dents accompagnent ! — « O mon Dieu, m'écriai-je, faites-moi la grâce de mourir comme Jacques ; mais ayez pitié de cet autre misérable.. » Je passai le reste de la nuit en médi-

tations et en prières ; et le jour suivant je
demeurai plongé dans une profonde rêverie,
dont mes travaux mêmes ne purent me dis-
traire.

TREIZIÈME SOIRÉE.

Suite de l'histoire du jeune André; il sort de prison.
Maurice reparaît.

FORTIFIÉ de plus en plus dans mes résolutions, par les graves leçons que la Providence
multipliait sous mes yeux pour achever de
me sauver, il eût été difficile que je ne per-
sévérasse pas. Je continuais de travailler et de
m'amender, et insensiblement je voyais disparaître les mois, même les années, et je
commençais à apercevoir, dans un avenir
moins éloigné, le terme de ma reclusion.

Je m'étais attaché singulièrement au jeune
André qui travaillait avec moi. J'avais eu la
satisfaction de voir mes conseils fructifier, et
la manière dont il les avait mis à profit me
faisait prendre un intérêt encore plus vif à
son sort. Je le trouvais souvent en conversation avec l'aumônier; les discours de ce saint
homme paraissaient toujours lui faire un bien
dont il était aisé de s'apercevoir à l'expression

de son intéressant visage. Aucun prisonnier ne remplissait tous ses devoirs avec une exactitude et un zèle plus exemplaires.

Un matin, en arrivant à l'ouvrage, il s'approcha de moi, et je remarquai une teinte de joie et de sérénité dans ses traits, quoique ses yeux fussent encore humides, comme s'il eût pleuré un moment auparavant. « Mon bon conseiller, me dit-il, je suis bien heureux aujourd'hui ! » Ces mots : *Je suis bien heureux*, prononcés dans le lieu où nous nous trouvions, me firent pousser un soupir, et je pensai : il est donc bien vrai que le bonheur de l'homme est tout dans son cœur, et qu'il n'est pas de situation qui soit entièrement privée de jouissance. — « J'ai reçu, continua André, une nouvelle lettre de ma mère. Celle que je lui ai écrite lui a fait beaucoup de bien. Tenez, lisez. » — Je pris la lettre et je lus :

« De la prison de ****, le....

» Est-il possible, mon fils ! tu pardonnes à ta coupable mère et tu ne veux pas qu'elle désespère ! Elle qui t'a perdu, tu la supplies

de se conserver pour toi! c'est toi qui lui
parles de la clémence de Dieu, après qu'elle
t'a presque forcé d'offenser ce Dieu qui t'inspire aujourd'hui. Ah! sans doute, tu étais digne de sa grâce; ce n'est pas toi qui fus criminel, c'est ta mère, ta mère seule. Hélas!
comment veux-tu qu'elle puisse mériter son
pardon, après avoir abusé de l'innocence de
son enfant pour l'associer à ses crimes! mais
tu le demandes, tu m'en conjures, tu me dis que
tu pries pour nous deux; oui, rassure-toi,
mon fils bien-aimé, je prierai Dieu aussi qu'il
me conserve jusqu'à ce que j'aie pu te revoir.
Oh! combien de larmes douces et amères ta
lettre m'a fait verser! Comme tu as calmé
mon désespoir! quel poids horrible tu as ôté
de dessus mon cœur! Ta lettre, elle est presque effacée par les baisers et par les pleurs de
ta malheureuse mère; à peine puis-je encore
y retrouver ces mots que mon cœur a retenus
et qu'il n'oubliera jamais : « O ma mère, con-
» servez-vous pour votre fils, et ne désespé-
» rez pas de la bonté de Dieu. Je sortirai de
» prison dans un an; je travaillerai; je vous
» attendrai; et je pourrai vous offrir la moi-

6

» tié de ma laborieuse existence. Si j'ai trahi
» des devoirs sacrés, puissé-je réparer mes
» erreurs en remplissant du moins les pre-
» miers de ceux que la nature impose, et
» qu'il me sera si doux d'accomplir vis-à-vis
» de vous. » Mon fils, mon bon André, ordonne, je ferai tout ce que tu exigeras. Je
suis si profondément émue que je n'ai plus
la force d'écrire. Adieu, mon enfant chéri,
ta coupable mère ne méritait pas un fils tel
que toi; adieu, mon André.

> » JOSÉPHINE. ****. »

J'embrassai le jeune homme, qui me serra
dans ses bras avec une effusion de cœur
dont je fus sensiblement touché. « Allons;
ami, lui dis-je, courage; le moment de votre
délivrance approche, vous n'avez plus que
quatre mois. Quand vous serez en liberté,
souvenez-vous de ce que vous avez promis à
votre mère, et ne trompez pas l'espoir que
vous lui avez donné. — Pouvez-vous le penser? me répondit-il. — Non, oh! non, il serait cruel de douter de votre cœur. »

 Ces quatre mois s'écoulèrent. André avait

si bien travaillé pendant sa captivité, qu'il était en état de se présenter pour avoir de l'ouvrage dans un atelier; mais si jeune et sortant de prison, quelque recommandation lui était nécessaire pour se tirer d'affaire, et pour pouvoir inspirer de la confiance. J'osai la demander pour lui au bon aumônier, qui y avait déjà songé. Il lui remit une lettre pour un ecclésiastique de sa connaissance, qui était curé dans une paroisse de la ville de Lyon. Il joignit à ce bienfait celui de quelques pièces d'argent, avec lesquelles le jeune André pût se rendre dans cette grande ville, où le curé devait lui procurer du travail. L'aumônier ne le quitta pas sans lui adresser de sages conseils, que le jeune homme écouta avec soumission et docilité. Enfin les portes lui furent ouvertes; il nous embrassa, me promit de ne pas m'oublier, et partit après avoir jeté encore un regard sur le lieu de sa captivité, où il n'avait pas été laissé sans consolations et sans appui.

Antoine ici s'interrompit un instant pour jeter les yeux sur son auditoire. Un vif intérêt se peignait sur tous les visages; quel-

ques-uns paraissaient profondément attendris.
Un homme surtout le regardait avec émotion, et essuya deux grosses larmes qui s'é-
chappèrent de ses yeux, sans que les autres,
dont les regards étaient fixés sur Antoine, s'en
aperçussent. Antoine se hâta de reprendre
en ces termes :

Vous saurez plus tard, mes amis, la fin de
l'histoire d'André que j'ai apprise depuis ;
mais en ce moment, n'anticipons pas sur les
événemens.

Lorsque mon jeune camarade fut parti,
je restai enseveli dans de profondes réflexions.
« En voilà donc un, me dis-je, qui est rendu au
monde ! qu'il est heureux ! Et moi j'ai encore
plus de cinq années à passer dans cette triste
retraite ! cinq années ! Oh ! mon Dieu, ne m'a-
bandonnez pas, et soutenez mon courage ! »
Ces paroles avaient un pouvoir qui ne se démentait point, et ce n'était jamais en vain
que je m'adressais au ciel dans les heures
d'abattement. « Pauvre jeune homme ! ajoutai-je ; va, puisses-tu être heureux. Ta punition a été plus sévère que la mienne en pro-
portion de ta faute et de mes crimes. Va,

que Dieu me garde de l'envie ; mes vœux te suivent, et ton bonheur doit être pour moi un motif de consolation et non pas de chagrin. »

Après avoir ainsi raisonné avec moi-même, je me remis à travailler courageusement. Je dépassais de plus en plus ma tâche, et je sentais que j'amassais des ressources suffisantes pour parer aux premiers besoins lorsque je me verrais rendu à moi-même. Il n'y avait plus dans la prison de détenu avec qui j'eusse de liaison étroite ou de rapports intéressans. Jacques était mort, et André était sorti. Je ne recherchais que l'aumônier, de qui les discours étaient toujours un bienfait pour moi. Quelquefois il m'arrivait de converser avec d'autres prisonniers, mais je ne me liais point avec eux. Je me bornais à leur donner des conseils pour le travail, et parfois aussi pour leur conduite, lorsque j'espérais pouvoir leur être utile. Cela me semblait un devoir, et un moyen de réparer mes anciens torts envers la société humaine.

Une chose qui m'affligeait beaucoup, c'étaient les disputes que ces malheureux avaient

quelquefois entre eux. Je les entendais se dé-
chirer par d'injurieux discours et s'adresser
des paroles outrageantes; je les aurais vus se
battre même, sans la surveillance dont ils
étaient entourés. Ce spectacle me causait un
véritable chagrin, et plus d'une fois il m'arriva de leur dire dans de semblables momens:
« Malheureux que vous êtes! n'est-ce donc
pas assez de la captivité où vous vous voyez
réduits, sans augmenter encore l'amertume
de votre situation par une pareille mésintel-
ligence ! Vous êtes séparés de la société, et
vous ne savez aimer ni respecter vos compagnons d'infortune! Vous êtes forcés de vivre ensemble, et vous ne savez vous accorder! S'il y avait entre vous un peu de bonne
harmonie, n'adoucirait-elle pas vos peines?
Ne serait-elle pas pour vous une source de
consolations qui vous aideraient à supporter
votre sort? Quelle joie trouvez-vous donc à
vous tourmenter les uns les autres? Comment
voulez-vous que le ciel vous bénisse et que
le monde vous pardonne, si vous vous mau-
dissez et si vous êtes sans indulgence? »

Ces discours faisaient impression sur un

petit nombre; mais le reste ressemblait aux démons qu'on nous représente acharnés les uns contre les autres, et servant eux-mêmes d'instrument à leur propre punition.

Je m'isolais de ceux-là le plus que je pouvais; je continuais le même genre de vie, m'efforçant de faire couler les jours le plus rapidement possible au moyen de la prière, du travail et de la méditation.

Il y avait environ dix mois qu'André avait quitté la prison, lorsqu'un jour je vis paraître au milieu de nous un nouveau prisonnier. Dans le premier moment où je l'envisageai, malgré sa longue barbe et ses cheveux touffus, il me sembla que ses traits ne m'étaient pas inconnus. Par un mouvement naturel de curiosité, je m'approchai de lui. Il me regarde et s'écrie : « Eh! vraiment, c'est Antoine! — Maurice! m'écriai-je à mon tour. — Voilà une heureuse rencontre, reprit-il, que je t'embrasse, mon ami.... tu t'éloignes! ah! oui, à propos, c'est vrai, tu dois m'en vouloir. Mais écoute donc; sans moi tu n'en serais pas moins ici, et moi j'y aurais été plus tôt, voilà toute la différence. Maintenant j'en suis fâché parce que nous aurions fait notre temps ensemble. Allons, dis-moi que tu ne m'en veux pas, et embrassons-nous. — Je te pardonne assurément puisque tu es malheureux. — Malheureux! oh! va, ce n'est rien, je ne suis ici que pour quelques années. Il aurait pu m'arriver plus mal que cela. Mais comme te voilà sérieux! Est-ce que tu es tout-à-fait découragé? — Non, je n'eus jamais autant de courage; mais ce n'est plus comme tu l'entends; et je suis affligé de te voir encore dans les dispositions où tu parais être. — Qu'est-ce que cela veut dire? Je te prie. — Maurice, tu m'as fait bien du mal; je serais heureux si je pouvais m'en venger en te faisant un grand bien. — Eh! mon Dieu, je ne te demande rien. Sois toujours bon camarade, et tâchons de passer ensemble ici notre temps le moins tristement possible. Pour commencer, je vais te procurer une petite distraction en te racontant ce qui m'est arrivé depuis que nous nous sommes quittés. Mais, je t'en prie, écoute-moi d'un air un peu moins soucieux que cela, car on dirait à te voir que tu es enfermé pour la vie. »

Maurice me fit alors le récit de ses aventures, qui serait trop long, mes amis, pour
vous être rapporté aujourd'hui.

QUATORZIÈME SOIRÉE.

Récit des crimes de Maurice ; ses funestes dispositions.

Maurice me parla de la manière que vous allez entendre :

« Tu te rappelles, dit-il, que je t'avais promis, lorsque nous nous quittâmes au Mans, de te rejoindre sur la route de Paris, avec la cassette que tu avais remise entre mes mains. Je te jure que telle était mon intention ; ainsi ne me crois pas plus coquin que je ne suis. Mais quand j'eus ouvert la maudite cassette... tu en aurais fait autant à ma place, mon ami ; il y avait dedans 12,000 francs ! Il me parut dur de les partager ; je pensai que tu étais assez habile pour te bien tirer d'affaire de ton côté ; et je pris le parti de m'en aller du mien avec le contenu de ladite boîte. Toujours muni de mon passe-port, je fis une petite tournée, dans le cours de laquelle j'augmentai progressivement mon magot, au moyen de diverses expéditions assez peu intéressantes, et qui ne méritent pas que je t'en fasse le récit. Enfin j'arrivai à Paris. Cette ville était à mes yeux le théâtre le plus digne de moi, et je commençai à y jouer un rôle brillant. Je n'étais pas de ces petits escrocs qui risquent le pilori pour des bagatelles. J'avais des fonds devant moi, et je savais les mettre en œuvre noblement pour les faire fructifier. Il est des circonstances où, pour duper les gens, il est essentiel de leur jeter de la poudre aux yeux ; on est moins exposé au soupçon lorsqu'on se montre sous l'apparence d'un favori de la fortune ; aussi avais-je à mon service un carosse, s'il était nécessaire, et une livrée que je me procurais aisément dans un magasin de costumes. Il m'est arrivé de faire briller 10,000 francs comptant aux yeux d'un marchand de dentelles, et de lui en voler pour une somme assez forte, au moyen du crédit qu'il me fit sur la bonne mine de mes louis d'or. J'avais chez moi des décorations de divers ordres, et je les arborais suivant l'occasion. Je gagnai au jeu l'argent d'un Français avec une décoration russe, et celui d'un Polonais avec une déco-

ration française. Je fus sur le point d'épouser
la dot d'une riche bourgeoise, en me faisant
passer pour un homme de qualité. Enfin la
fortune me souriait tellement, que je finis
par me persuader que mon métier n'avait
rien que de légitime, et qu'il n'était pas possible qu'on s'avisât de le trouver mauvais. Je
m'endormais ainsi dans une sécurité perfide,
lorsque j'en fus retiré par un événement qui
a eu pour toi de fâcheuses conséquences. Trois
hommes se présentent un matin chez moi, et
me montrent un ordre de me rendre chez
le lieutenant de police. Ne sachant de quoi
il était question, je n'eus rien moins qu'envie
de rire de l'aventure. On ne répondit à mes demandes rien qui pût me mettre au fait ; mais
on me pressa vivement d'obéir à l'ordre qui
m'appelait, ce à quoi je me conformai en
m'efforçant de faire la meilleure contenance
possible. Lorsque je fus devant le magistrat, je
feignis une vive indignation de la manière
dont, pour une méprise sans doute, j'étais
enlevé de mon domicile et détourné de mes
importantes affaires. Juge de mon étonnement
et de ma joie lorsque j'appris qu'il ne s'agissait

d'autre chose que de la cassette. Quand ton
maître s'était aperçu du vol, il n'avait eu rien
de plus pressé que de revenir au Mans où
nous n'étions plus, ni l'un ni l'autre. Tous les
reproches qu'il avait faits à notre benêt d'aubergiste n'avaient pu lui rendre ses 12,000
francs. L'aubergiste s'était rejeté sur moi qui
t'avais recommandé à lui ; on avait mis la police à ma piste ; et ce n'était enfin que tout
récemment qu'on venait de me découvrir
comme le voyageur qui était au Mans à cette
époque. En attendant mieux et plus amples
informations, on avait imaginé de m'accuser,
de me tenir en prison, et même de me faire
juger. Tu conviendras qu'il était naturel de
chercher à me tirer d'un pas aussi dangereux.
Je ne trouvai rien de mieux à faire que le
conte que j'ai répété en ta présence lors de ma
déposition ; je donnai ton signalement et ton
nom, et je m'indignai avec audace qu'on eût
osé me soupçonner. La manière dont je m'exprimai fit une impression si vive et si heureuse
sur le magistrat, qu'il me fit en quelque sorte
des excuses, et me congédia, après m'avoir
prévenu que je serais appelé comme témoin,

lorsque le voleur serait entre les mains de la justice. Cela ne fut pas long, car un mois après, mon pauvre ami, je fus instruit que tu étais arrêté, et il me fallut comparaître devant la cour pour déposer contre toi. Tu avais une drôle de mine, et tu me faisais presque pitié ; mais il n'y avait pas à balancer, et je répétai ma déclaration. J'avais une peur terrible que tu ne continuasses de nier, car cela aurait pu me mettre dans un grand embarras ; mais Dieu merci, tu n'en fis rien, et tu te conduisis en galant homme. Je fus curieux ensuite de te voir exposé sur la place du palais de Justice ; je m'aperçus bien que ma présence ne t'était pas agréable, mais je n'étais pas là dans l'intention de te faire de la peine ; je voulais seulement voir comment tu te présenterais en public. J'avais été enchanté d'apprendre que tu n'étais condamné qu'à dix ans ; je croyais que tu prendrais plus philosophiquement ton parti ; et je t'avoue que je ne fus pas du tout content de toi, et que tu me fis honte.

. » Cet événement, qui m'avait heureusement fait plus de peur que de mal, ne laissa

pas d'éveiller en moi des inquiétudes aux-
quelles je ne songeais même pas depuis long-
temps. Je crus devoir mettre dans ma conduite une prudence sévère, et je supposai
que, malgré la politesse de M. le lieutenant
de police, on pourrait bien conserver quelques soupçons secrets et avoir l'œil ouvert
sur mes démarches. Cette idée a quelque
chose de gênant, et il est tout-à-fait incom-
mode de penser qu'on excite une attention
de cette sorte. Cependant, j'allais toujours
mon train, et avec quelques précautions je
continuais d'exercer mon industrie d'une manière aussi lucrative que les circonstances
défavorables où je me trouvais pouvaient me
le permettre. Le commerce n'allait plus si
bien, et loin d'augmenter mon capital, je
me vis obligé de l'entamer ; mais l'espoir de
sortir de cette stagnation me faisait prendre
patience : j'étais à l'affût de quelque bonne
aubaine, et en attendant je n'en menais pas
moins largement une joyeuse vie. Pendant
environ trois ans je ne fis que végéter dans
des opérations mesquines, et je me contentai
de dépouiller quelques pauvres diables qui

en valaient tout au plus la peine. J'aurais pu
m'associer avec des confrères ; mais depuis
que nous nous étions quittés, j'avais résolu
de ne plus former de société, et d'ailleurs
je me croyais plus en sûreté en agissant
de concert avec moi seul.

» J'aurais beaucoup mieux fait de garder
ce train modeste plutôt que de mettre à exécution le beau projet que je conçus enfin et
qui m'a perdu. Voici comment je m'y pris.
Je changeai de nom, de quartier, j'eus l'air
d'arriver à Paris pour y chercher des ressources, après avoir essuyé de grands malheurs ;
j'eus l'adresse de m'insinuer auprès de quelques personnes recommandables, et de les in-
téresser vivement en ma faveur. Il serait enfin
trop long de te dire comment j'arrivai jusqu'à
ce point, mais en un mot, je fus très-vivement
appuyé, recommandé, et j'obtins un emploi
de facteur de la poste ; place qui ne se donne
qu'à des hommes d'une probité éprouvée, et
dont la moralité est garantie de la manière
la plus sûre. Être parvenu à abuser à ce
point les protecteurs qui me servirent est assurément un chef-d'œuvre de ruse et d'au-

dace ; et je ne crois pas que personne y ait pu réussir avant moi et y réussisse jamais après. Me voilà donc distribuant quatre fois par jour des lettres dans les rues de Paris ; mais parmi ces lettres, il y en avait de temps en temps quelques-unes d'une certaine épaisseur, et qui laissaient apercevoir un billet de banque au travers d'une enveloppe claire et transparente. Celles-ci ne me faisaient pas aller loin pour les rendre à leur destination ; elles passaient immédiatement dans ma poche, et c'était moi qui en payais le port. Le métier était bon, mais il ne fallait pas songer à le faire long-temps. Hélas ! la cupidité ne me permit pas de me retirer aussitôt qu'il l'aurait fallu. Des plaintes furent portées avant que je pusse en avoir connaissance. Tous mes camarades étaient d'une fidélité éprouvée depuis long-temps. Les soupçons se portèrent naturellement sur moi ; je fus arrêté.

Cette fois, il n'y eut pas moyen de m'en tirer en déposant contre un autre. Mais ce ne fut pas tout, et l'on découvrit bien d'autres choses pendant les débats. D'abord j'eus le plaisir de voir que M. le lieutenant de police

6 *

'n'avait point perdu le souvenir de ma personne, et qu'il me reconnut très-bien pour
avoir eu affaire à moi lors de ton procès. Il
me fit payer un peu cher les politesses dont
il m'avait honoré à cette époque. J'eus beau
parler en honnête homme, on avait trouvé
chez moi des objets sur lesquels je n'eus
pas assez d'esprit pour donner des explica-
tions suffisantes. A chaque moment on faisait une nouvelle découverte, et en vérité
j'avais envie de rire en voyant la surprise
de mes juges. Bref, mon ami, il n'y avait
plus de ressources, je fus condamné; j'allai
occuper la place où tu avais figuré devant le
palais de justice; mais il m'y arriva quelque
chose de pire qu'à toi; j'eus affaire au bourreau, qui me mit son paraphe sur l'épaule;
et enfin me voici, enchanté de te retrouver
après tant d'aventures, et de penser que
nous nous aiderons mutuellement à tuer le
temps dans cette sotte demeure. »

Ainsi parla Maurice, et moi je restais stu-
pide devant lui. Le ton qu'il venait de mettre
à son récit, les dispositions qu'il mon-
trait, me navraient le cœur et m'ôtaient la

faculté de lui répondre. Je voyais un homme perdu sans ressources, auquel j'avais autrefois donné le nom de mon ami. Cette pensée était affreuse pour moi, et me causait une inexprimable douleur.

~~~~~~

QUINZIÈME SOIRÉE.

Discours énergiques et vains efforts d'Antoine pour la
conversion de Maurice ; Antoine reçoit sa grâce.

Lorsque je fus un peu remis, poursuivit
Antoine, de la surprise douloureuse où m'a-
vait jeté le discours de Maurice, je lui dis :
« Tu viens de me confier tes aventures depuis
l'époque de notre séparation; je te dois la
même confidence. La mienne sera courte et
simple. Je ne te parlerai pas de la douleur et
de l'indignation que j'éprouvai, d'abord lorsque tu manquas à ta parole et que tu m'a-
bandonnas avec de faibles ressources après
mon départ du Mans, et surtout lorsque je
te vis comparaître pour déposer contre moi
au sujet d'un vol dont toi seul avait recueilli
tout le fruit : mets-toi à ma place. Je n'a-
vais au reste que ce que je méritais, et tu
m'appris dans cette occasion en quoi consiste
l'amitié d'un homme vicieux. Ce que je puis
t'affirmer, c'est que je t'ai pardonné et que

je te pardonne de tout mon cœur. Je ne t'ac-
cuse pas de mon malheur, je n'en veux qu'à
moi seul, d'avoir eu l'imprudence d'écouter
tes conseils et la faiblesse de les suivre. Tu
m'as fait arriver à la reclusion peut-être plus
tôt que je n'y eusse été condamné ; mais je dois
t'en remercier, puisque tu as hâté par-là le
terme de mes égaremens. Oui, mon ami,
mes yeux se sont ouverts dans cette adversité. Une voix nouvelle, une voix jusqu'alors
inconnue, a parlé à mon cœur, et j'ai eu le
bonheur de l'écouter ; elle m'a fait voir toute
la profondeur de l'abîme où je pouvais me
précipiter ; elle a levé le voile qui dérobait à
mes regards l'indignité de ma conduite passée ; elle m'a montré l'espérance qui me souriait encore dans l'avenir ; elle m'a dit : Tu
fus coupable, tu fus égaré, repens-toi et
prends une nouvelle route, et tu ne t'égareras
plus, et tu arriveras au bonheur. Il y a un
Dieu qui s'apprêtait à te punir et qu'il dépend de toi de désarmer ; il est une justice
humaine qui t'a déjà frappé, mais qui ne
demande qu'à applaudir à ta conversion. Regarde ces deux chemins entre lesquels il t'est

permis encore de choisir : au terme de l'un
sont l'ignominie et l'échafaud ; l'autre doit
te faire arriver à l'estime et à la considération
des hommes. — Grâces à Dieu, mon ami,
je n'ai pas balancé, et je me suis avec ardeur
jeté dans cette dernière voie. Je me suis repenti, j'ai prié Dieu, je me suis confié à la
Providence, et j'ai travaillé avec zèle. Telle
est la vie que je mène ici depuis bientôt six
ans. Dieu m'a donné la force de persévérer ;
et ma captivité a été adoucie par une conduite laborieuse et par une espérance soute-
nue. Mon ami, ô mon cher Maurice, j'ai été
perdu autrefois pour avoir suivi ton exemple ;
oh ! je t'en conjure, sois sauvé en imitant le
mien. Maurice, tu ne sais pas encore ce que
c'est qu'une captivité de six ans ; ne dédaigne
pas des secours qui ont pu me la faire supporter sans trop de peine, et me mettre en
état de reprendre ma place dans la société.
Maurice, je veux t'arracher au crime, je veux
te soustraire aux nouveaux malheurs qui t'at-
tendent, à une fin peut-être épouvantable.
Oh ! Maurice, Maurice, c'est aujourd'hui

que je suis véritablement ton ami, promets-moi que tu écouteras mes conseils. »

Je m'étais enflammé beaucoup en prononçant ces paroles que Maurice écoutait avec un imperturbable sang-froid. — « Doucement, doucement, me dit-il froidement; eh, mon pauvre camarade, tu me parles là comme un prédicateur; est-ce que le malheur aurait troublé ta raison? — Malheureux! m'écriai-je, c'est la tienne qui est égarée si tu refuses de m'entendre! Faut-il te parler plus clairement et d'une manière plus calme? Oui, je suis converti; je crois en Dieu, je fonde mon espoir pour cette vie et pour l'autre dans sa providence et dans sa bonté; je crois à la justice, à la vertu, et je les veux pratiquer; je connais mes devoirs comme homme et comme coupable, je veux les remplir en travaillant et en réparant mes crimes passés. Me comprends-tu maintenant? et veux-tu essayer de m'imiter, ô mon pauvre Maurice? — Ce que tu me dis là, répondit Maurice en souriant, ne devrait pas m'étonner; tu as toujours été un homme craintif et faible. — Faible! repris-je avec vivacité, faible! ah! tu ne sais

pas combien il faut de courage pour opérer
sa propre conversion, pour renoncer à des
habitudes vicieuses profondément enracinées,
pour se résigner au présent, et travailler pour
l'avenir. Béni soit le Dieu qui me les a donnés, ce courage et cette force si nécessaires,
que je n'aurais jamais eus sans cet appui céleste. O Maurice, il te les donnerait aussi si
tu voulais l'invoquer comme moi. Mon ami,
je t'en conjure, ne sois pas sourd à ma voix.
Il en est temps, tu peux changer ton avenir,
tu peux effacer le passé. Laisse, laisse-moi
voir un regret, un seul regret, qui soit un
heureux signal. Oh! si je pouvais arracher
une larme de tes yeux, un soupir de ton
sein....... Tu souris! tu restes insensible à mes
instances! tu me regardes en pitié! Ah! malheureux! coupable endurci, tremble donc!
frémis de l'avenir qui se prépare pour toi!
languis, souffre sans consolations dans ta
captivité; achève, en maudissant les hommes, et le ciel, et la vertu, les années que tu
dois passer en ce lieu; sors de prison pour
te livrer à de nouveaux crimes, pour outrager encore Dieu et la société; va, va, pour-

suis ta criminelle carrière....... Malheureux !
tu l'as parcourue , tu es arrivé ; l'échafaud est
dressé, les bourreaux sont prêts , le couteau
est suspendu........ repens-toi, repens-toi du
moins pour l'autre vie........ Il n'est plus de
pardon dans celle-ci........ Le fer tombe, ta
tête roule....... Ah ! puisse la miséricorde divine s'étendre sur toi et te sauver des châtimens éternels ! — Que dis-tu ? que dis-tu ? s'é-
crie Maurice en frémissant ; quel horrible
tableau viens-tu m'offrir ! — Dieu ! ai-je pu
t'ébranler ? ô Maurice, Maurice, ne com-
bats pas cette émotion, écoute-moi, je t'en
conjure. — Tais-toi, reprit-il avec un nouveau calme de glace ; tous tes sermons ne
peuvent rien sur moi , et je te prie de m'en
faire grâce. Si tu veux me fatiguer par de
semblables discours, nous cesserons toute
conversation, et il n'y aura plus rien de commun entre nous.

Hélas ! je compris trop bien, au ton dont
il prononça ces paroles, qu'il y avait peu
d'espoir de ramener jamais au bien cette
âme profondément corrompue , insensible
à tout mouvement vertueux et à peine émue

7.

par la crainte des supplices. Je n'y renonçai
cependant pas entièrement ; je cessai de lui
parler, mais je m'efforçais de lui faire sentir par mon exemple, par ma conduite, et
par des discours indirects, la différence
qu'il y avait entre sa situation et la mienne.
Quelquefois mes espérances se ranimaient
en voyant un air taciturne remplacer sa
gaieté accoutumée. Mais bientôt il reprenait
une impassibilité décourageante, et ne me
permettait pas même de profiter des instáns
que je croyais favorables à une nouvelle
tentative. Je ne saurais définir s'il éprouvait
des remords, de la rage, de l'ennui ou de
l'abattement, ou bien si réellement il sentait
quelques dispositions fugitives de retour à
la vertu. On eût dit au reste qu'il se hâtait
de les combattre lorsqu'elles se présentaient,
et qu'il mît une sorte d'obstination à persis-
ter dans sa corruption. Lorsque je lui parlais, même de choses indifférentes, il avait
l'air de craindre à chaque instant que je
n'entamasse le grave sujet, et il s'étudiait à
m'en détourner, soit par une plaisanterie, soit
par une brusque boutade. Tout en lui sem-

blait me dire enfin : je suis criminel, je veux
l'être, et je le serai malgré toi. Le chagrin
que j'en éprouvais ne pouvait se comparer
qu'au désir que j'aurais eu de convertir celui
qui m'avait perverti. J'adressais chaque jour
au ciel des vœux ardens pour que mes efforts
fussent bénis; mais l'endurcissement de Maurice était tel, qu'il ne méritait pas apparem-
ment la bénédiction de Dieu; puisque bientôt les secours même de mon zèle lui furent
enlevés.

Quatre mois s'étaient écoulés depuis son
arrivée au milieu de nous, et la sixième
année de ma reclusion venait de s'accomplir.
C'était le 24 d'août; j'étais à travailler
comme de coutume, lorsque je reçus l'ordre,
à l'atelier, de quitter mon ouvrage et de me
rendre auprès de M. le Directeur de la maison. Je ne sais quel pressentiment fit battre
mon cœur avec violence en ce moment;
nous étions à la veille de la Saint-Louis;
une idée se présenta rapidement à mon esprit, mais je n'osai m'y arrêter dans la crainte
d'être déçu péniblement. Je fus conduit à
l'appartement de M. le directeur où je

trouvai quatre autres prisonniers de quatre ateliers différens. Le directeur nous fit approcher tous les cinq, et nous parla ainsi :

« Mes enfans, bénissez la clémence de votre roi! voici votre grâce signée de sa majesté, que je viens de recevoir; vous êtes libres! » — Je crus que j'allais m'évanouir à ces mots ; mes yeux se troublèrent et mes oreilles furent quelques instans sans entendre la suite du discours de notre directeur. Quand je revins de mon émotion, il disait : « Le roi, à l'occasion de sa fête, a voulu accorder la liberté au détenu de chacun des ateliers de la prison, qui par sa conduite, s'est rendu le plus digne de cette grâce. C'est vous, mes enfans, qui avez été désignés par le rapport de vos chefs d'ateliers. Je dois vous remettre à chacun le fruit qui vous appartient du travail que vous avez fait au delà de votre tâche journalière. Antoine, vous êtes le premier amnistié et je commence par vous; je vous félicite, j'ai vu avec plaisir combien depuis long-temps vous vous êtes efforcé de mériter le pardon que vous obtenez aujourd'hui. Prenez ce sac d'argent, il renferme neuf cents francs ; c'est ce que vous avez gagné depuis que vous êtes ici. Je n'ai pas besoin de vous recommander d'en faire un bon usage, votre conduite m'en répond. Voici un certificat de cette conduite qui pourra vous être utile. »

Il remit ensuite à chacun de mes camarades un sac renfermant aussi une somme fruit de leur travail, et un certificat comme le mien. Puis il ajouta : « Allez, mes enfans ; demain, jour de la Saint-Louis, tandis que toute la France célébrera la fête du meilleur et du plus clément des rois, vous assisterez à la messe ; vous entendrez pour la dernière fois les conseils de notre digne aumônier, et vous recouvrerez votre liberté. Allez, et soyez sages et heureux. »

Nous nous retirâmes, chacun de notre côté, pénétrés de la plus profonde reconnaissance pour le roi et pour nos administrateurs. Mon premier soin fut de remercier Dieu du fond du cœur pour un bienfait aussi signalé. Puis, je pensai que j'allais retrouver enfin mon père et obtenir grâce de lui, si la douleur ne l'avait pas encore conduit au tombeau. Je retournai à l'atelier, et je ne saurais dire ce qui se passa en moi en parcourant des yeux ce lieu de réclusion, que je voyais pour la dernière fois. J'embrassai plusieurs de mes compagnons d'infortune ; j'eus la satisfaction de les voir se réjouir de mon bonheur et j'en fus touché jusqu'au fond de l'âme. Puis je m'approchai de Maurice... Je le trouvai froid et insensible. « Tu t'en vas, me dit-il, j'en suis bien aise pour toi et pour moi : tu seras libre et tu ne me feras plus de sermons. Adieu. Tire-toi bien d'affaire. » Ce langage me ferma la bouche, et je m'éloignai de lui en soupirant.

SEIZIÈME SOIRÉE.

Derniers conseils de l'aumônier aux détenus graciés ;
Antoine sort de prison.

Il est des insomnies causées par la joie
comme par la douleur, et vous comprendrez
sans peine que mes yeux ne se soient point
fermés pendant la nuit qui précéda le jour
de ma délivrance. Vous dire la foule de pensées qui se succédèrent dans mon esprit serait une chose impossible. Oh ! que le soleil
me parut beau ce jour là ! Quel moment que
celui où l'on redevient libre après une longue
captivité ! Ah ! il faut s'être trouvé dans
cette position pour se la bien représenter !
Mes apprêts de départ n'étaient pas longs à
faire ; je n'avais à emporter que ce qui était
sur moi et mon sac de 900 francs. Lorque
je fus levé, je regardai mon lit, mon dortoir
et les simples objets dont j'étais environné,
comme pour leur dire adieu ; puis je me
rendis à la chapelle avec mes camarades.

Tous les détenus y étaient réunis; mes compagnons de grâce et moi, nous occupions une place à part, où nous nous trouvions exposés aux regards de tous les prisonniers. Je ne pourrais guère vous dire ce qui se passa autour de moi, car j'étais trop recueilli pour avoir pu l'observer. J'entendis la messe avec la plus ardente ferveur. Mes quatre camarades et moi fûmes appelés à la sainte table. Je reçus le sacrement avec une dévotion qui était encore augmentée par la reconnaissance que je ressentais des bontés de mon créateur. Après la messe, l'aumônier monta en chaire et nous adressa un discours touchant, dont quelques passages sont restés gravés dans ma mémoire pour n'en jamais être effacés.

« Mes frères, dit-il, en ce jour où toute la France prie pour son roi, le bénit et le fête, il vous est permis, quoique exilés du sein de la société, il vous est permis de vous réunir d'intention à elle pour adresser au ciel des vœux et des actions de grâce. Venez au pied des saints autels prier pour ce roi juste et clément qui, non content d'adoucir votre détention autant que l'autorité des

lois peut le permettre, veut encore chaque
année vous faire participer aux réjouissances
de ce jour, en donnant des témoignages de
sa bonté à ceux d'entre vous qui ont su s'en
rendre dignes. Image de la Providence sur
la terre, c'est lui qui pourvoit à vos besoins;
image de la clémence divine, c'est à lui qu'il
appartient de pardonner ici-bas au repentir,
après que la justice a châtié le crime. Sa
paternelle sollicitude ne perd de vue aucun
de ses sujets, pas même ceux qui s'égarent;
il veut qu'on les rappelle, qu'on les éclaire,
qu'on leur fasse connaître leurs erreurs, et
son cœur est heureux quand sa main peut
signer une grâce. Cinq d'entre vous viennent
de mériter ce bienfait; et comment l'ont-ils
mérité? en se réconciliant d'abord avec
Dieu qui les a aidés à triompher de leurs
mauvais penchans; en implorant chaque
jour ce secours divin, sans lequel il n'est pas
de force dans le cœur de l'homme pour résister au mal; en renonçant à une fatale
oisiveté, en travaillant pour dissiper leur
ignorance et pour acquérir des connaissan-
ces, qui les rendront utiles à la société et les

mettront au-dessus des tentations que le besoin fait naître. Que leur en a-t-il coûté pour
cela ? de la résignation et du courage ; mais
leur captivité même en a été rendue moins
pénible ; mais elle a été semée de consolations et d'espérances ; mais enfin elle est
abrégée, et ils en voient aujourd'hui le terme
qui ne devait arriver que dans plusieurs années encore. Ils vont maintenant rentrer
dans la société et y reprendre un rang où
ils pourront paraître sans déshonneur, parce
que leurs fautes sont expiées par la pénitence
et par le repentir. Il n'est aucun de vous, mes
frères, qui ne puisse imiter un exemple si
salutaire. Ce triomphe est glorieux, car il
y a un grand mérite à se vaincre soi-même
et à se rendre maître de ses propres dispositions ; de tels efforts portent une première
récompense avec eux, et ils sont récompen-
sés par Dieu et par les hommes. O mes frères !
que le bonheur de vos compagnons n'excite
parmi vous ni haine, ni jalousie ; ce bonheur est leur ouvrage ; la justice applaudit
à un acte de clémence mérité par une bonne
conduite : qu'il soit pour vous, au contraire,

un louable motif d'émulation et d'encouragement. Faites ce qu'ils ont fait, et préparez
au cœur de votre roi la jouissance de retirer
encore de captivité quelques-uns de ses sujets,
sur les torts et le malheur desquels il gémit.

» Et vous, qui recueillez aujourd'hui le
fruit de votre constance dans la conversion,
vous à qui je m'adresse en ce moment pour
la dernière fois, mais que mes vœux et mes
prières suivront dans tout le reste de votre
vie, ô mes frères! vous allez rentrer dans
le monde; qu'y ferez-vous de cette liberté
qui vous est rendue? Ah! je vous en conjure, que les leçons du malheur ne s'effacent
jamais de votre mémoire; souvenez-vous
sans cesse qu'il fut le résultat du mauvais
usage que vous fîtes un jour de cette liberté.
Ah! n'oubliez pas quelle main vous a soutenus, quelle main vous a ramenés. Vous
connaissez maintenant ce Dieu bon et puissant qui n'abandonne pas ses serviteurs; vous
savez quelle force et quelle consolation on
puise dans le sein de cette religion trop
long-temps ignorée de vous. Gardez-vous
de vous éloigner d'elle de nouveau. Que la

prospérité ne vous aveugle pas , et ne vous détache pas de cet appui , loin duquel vous n'êtes rien. Vous n'auriez plus d'excuse aujourd'hui , et votre ingratitude serait indigne de pardon. Restez donc fidèles au Dieu qui vous a sauvés d'un si grand naufrage , et qu'il soit adoré et glorifié dans les jours de joie par qui l'invoqua dans les jours de douleur.

» Vous allez rentrer dans le sein de la société , qui consent de nouveau à vous recevoir. Là , mes frères , songez à tous les devoirs que le passé, le présent et l'avenir vous imposent. Cette société fut outragée par vous , et elle a la générosité de vous pardonner. Si vous voulez qu'elle oublie vos fautes , ne les oubliez pas vous-mêmes , et que ce souvenir entretienne chez vous un désir constant de les réparer. Que ferez-vous pour cela? soyez humble et laborieux; efforcez-vous de devenir des membres utiles de ce grand corps. Ici, vous avez acquis la connaissance de métiers qui vous feront vivre honorablement, si vous les exercez avec honneur, et qui pourront vous faire considérer, parce que les

hommes considèrent ce qui est utile. Rappelez-vous que vous avez scandalisé vos semblables par votre impiété, votre immoralité,
vos débauches et vos crimes ; votre premier
devoir est de réparer ce mal, en donnant des
exemples soutenus de piété, de morale, de
tempérance et de probité. Si vous vous liez
par le mariage, si le ciel vous accorde des
enfans, vous trembleriez sans doute, pour
eux, de les voir se jeter dans la route que
vous suivîtes dans votre jeunesse ; mais vous
savez quelles causes vous y firent entrer, vous
n'exposerez pas vos enfans aux dangers de
l'ignorance, de l'oisiveté, du vagabondage,
et surtout des mauvais exemples. Oublierez-
vous, enfin, quelle main vient de briser vos
fers ? C'est celle de votre roi auquel tous les
sujets doivent obéissance, fidélité et dévouement ; mais vous, est-ce là tout ce que vous
lui devez, et votre cœur ne sera-t-il pas pénétré pour lui d'une profonde reconnaissance
après le bienfait qu'il vient de répandre sur
vous ? Non, vous ne pouvez plus être ingrats
ni criminels. La religion, la vertu, la raison,
ont parlé à votre âme ; vous êtes éclairés par

ce triple flambeau qui guidera votre nouvelle carrière. D'autres sentimens vous animent aujourd'hui; l'infortune et la pénitence ont épuré vos cœurs. Ah ! j'espère pour vous ! Allez, mes frères, allez; retenez, je vous en conjure, ces derniers conseils que vous adresse un ministre, qui fut assez heureux et assez bien inspiré pour faire arriver la parole de Dieu jusqu'à votre âme. Allez, reparaissez dans le monde, pour l'édifier, en vous montrant bons chrétiens, sujets fidèles et reconnaissans, bons époux, bons pères, bons citoyens; et puissiez-vous parvenir au bonheur qui accompagne la vertu dans ce monde et à celui qu'elle assure dans l'éternité. »

Tels furent les sages et pieux avis de ce saint homme, au moment où nous allions quitter pour toujours un guide si précieux. L'émotion dont il était rempli se manifestait dans le son de sa voix et dans les mouvemens de son visage. Ses yeux retenaient vainement des larmes qui s'en échappaient malgré lui; et nous, nous donnions un libre cours aux nôtres. Je m'avançai vers lui avant de sortir de l'église. « Adieu, mon père, lui dis-je en

lui baisant la main et m'inclinant devant lui ;
adieu, vous qui m'avez sauvé et à qui je dois
tout. Ah ! croyez que je ne l'oublierai jamais ;
que vos vertueux conseils sont gravés dans
mon cœur ; que je m'efforcerai de justifier
votre charitable espérance. Adieu, mon père ;
je vous en conjure, souvenez-vous d'Antoine
et priez pour lui. — Adieu, mon fils, dit-il ;
gardez ces bonnes dispositions ; pensez à moi ;
nous nous reverrons là-haut. »

J'aurais désiré revoir encore Maurice, mais
il ne le voulut pas et m'évita. Mes yeux s'é-
taient tournés vers lui à la chapelle pendant
le discours de l'aumônier, et son regard m'a-
vait paru sombre et farouche. Je ne pus donc
obtenir de lui un autre adieu que celui que
j'en avais reçu la veille. Je pris congé de mes
autres compagnons d'infortune, en invitant
les mieux disposés à persévérer dans leur
bonne conduite. Puis, nous fûmes admis à
présenter nos respects et nos remercîmens à
M. le directeur ; et, enfin, ces portes fermées
depuis six ans sur moi, s'ouvrirent pour me
laisser sortir.

Oh ! moment unique dans la vie ! Oh !

sensation inexprimable ! me voilà donc hors
de prison, libre de diriger mes pas où bon me
semblera. A peine eus-je franchi le seuil, à
peine me sentis-je sur cette terre autour de la
quelle il n'y avait plus de murs, que mes jambes fléchirent. Je tombai à genoux et me prosternai le front dans le sable. « Grâces vous
soient rendues, m'écriai-je, ô Dieu de bonté!
Je ne puis m'exprimer, mais vous lisez dans ce
cœur pénétré de reconnaissance. » Je gardai
quelque temps cette attitude, et restai absorbé dans une profonde adoration. Puis
soudain, me relevant avec force et vivacité,
je m'écriai : « Je suis libre, je suis libre!
Mon père ! ô mon père ! »

~~~~~~~~~~~~~~~~~~~~~~~~~~~~~~~~~~~~~~~

DIX-SEPTIÈME SOIRÉE.

Antoine va à la recherche de son père, et arrive à
temps pour recevoir sa bénédiction.

APRÈS avoir rendu grâces à Dieu, ma première pensée avait été d'aller me jeter aux
genoux de mon père et implorer le pardon
dont mon cœur avait besoin. Je me fis indi-
quer la route de Rennes, et me dirigeai du
côté de ma ville natale. J'éprouvais une sorte
d'étonnement de pouvoir marcher ainsi en
liberté ; je craignais par momens d'être encore le jouet d'un de ces rêves qui m'avaient
si souvent trompé pendant que j'étais captif.
Je m'arrêtais, je me touchais pour m'assurer
que ce n'était plus une illusion. Puis ensuite,
soit en cheminant, soit en entrant dans une
auberge, je me rappelais mon premier voyage
avec Maurice, ce voyage de honteuse et douloureuse mémoire. Quelle différence de situation ! quelle différence de sentimens ! Autrefois
j'avais quitté mon père et je marchais en com-

7 *

pagnie avec le crime ; maintenant je revenais à
la vertu et j'allais implorer la clémence paternelle. Autrefois je frémissais de crainte à
chaque pas , maintenant je me montrais avec
sécurité ; chaque visage autrefois semblait
m'annoncer que j'allais être découvert , tout
aujourd'hui m'inspirait de la confiance et je
ne redoutais personne. Oh ! qu'il me semblait doux de me trouver en pays ami au
milieu des hommes !

Je mis plusieurs jours d'une marche sou-
tenue pour arriver jusqu'à Rennes. Enfin je
reconnus ces lieux familiers à mon enfance,
j'aperçus les tours de la ville natale , je tres-
saillis au son de l'horloge que mon oreille
n'avait point oublié. Je traversai ces rues autrefois témoins de mon fatal vagabondage ;
j'éprouvai une sorte d'horreur en passant devant la porte du cabaret où j'avais perdu tant
de funestes heures avec mes compagnons de
débauche. Mais comment vous décrirai-je
mes sensations lorsque j'arrivai auprès de
cette maison, ancienne demeure de mon père,
où j'avais reçu la naissance, où mes premières
années s'étaient écoulées ! Je fus au moment

de tomber sur le seuil, et je restai quelque temps immobile avant d'avoir la force de frapper. Je ne sais quel pouvoir me retenait..... Qu'allais-je apprendre? Si mon père n'était plus! privé de ses nouvelles pendant toute la durée de ma détention !..... Cependant je me décidai; une personne inconnue vient m'ouvrir. « Ce n'est plus lui, m'écriai-je; ô Dieu! » — Le nouvel habitant de la maison ne comprenait rien à mon exclamation. Cependant il me dit : « Qui demandez-vous ? » Je nommai mon père. — « Il y a sept ans, me répondit-on, qu'il a quitté Rennes, où il n'a pas eu le courage de rester après le déshonneur de son fils. Il a été s'établir à Lyon avec un de ses amis qui est serrurier, et qui avait des travaux considérables dans cette ville. » — Je n'en demandai pas davantage, et ne m'arrêtai pas plus long-temps en ce lieu, qui me rappelait de si douloureux souvenirs, et me présentait de si pénibles reproches. Je traversai de nouveau la ville, où je reconnus plusieurs personnes qui ne parurent pas se rappeler mes traits. Sans prendre de repos, je recommen-

çai à marcher sur la route qui devait me
conduire à Lyon.

Je fus tellement préoccupé par une idée
unique pendant tout ce voyage, que je ne
sais ni par où je passai, ni le temps que j'y
employai. Je me souviens seulement qu'il
dut être court, si j'en juge par la rapidité
de ma marche. Il me semblait que je fusse
au-dessus de la fatigue, et que mon corps eût
acquis une vigueur surnaturelle. J'arrivai à
Lyon où je ne connaissais personne, et où
je ne savais à qui m'adresser pour avoir des
indices sur la situation et la demeure de mon
père. Je supposai cependant qu'il avait conti-
nué d'exercer sa profession, et que je pourrais
avoir de ses nouvelles par quelqu'un de ses
confrères. Un grand nombre d'ouvriers étaient
employés en ce moment à la construction
d'une vaste maison dans le quartier de Belle-
cour. Je me rendis sur cette belle place, et
m'adressai à l'entrepreneur. Aussitôt que j'eus
nommé mon père, il me répondit : « Hélas !
le pauvre homme, il travaillait ici il n'y a pas
encore long-temps ; mais il était d'une bien
mauvaise santé. Il nous a quittés parce qu'il

est tombé dangereusement malade, et je ne
serais pas étonné qu'il n'existât plus à l'heure
où je vous parle. — Ciel! m'écriai-je, dites-
moi de grâce où il demeure; je suis son fils.
Arriverai-je à temps pour le voir encore? »
L'entrepreneur eut l'obligeance de me donner un ouvrier pour me conduire. Je suivis
cet homme, dans une agitation extrême, jusqu'à une maison de très-modeste apparence,
où je fus reçu par cet ami dont on m'avait
parlé à Rennes; et cet ami, c'est vous, vous
qui depuis m'avez tenu lieu de père, dit Antoine, en s'adressant au vieillard qui avait
demandé le récit de cette histoire.

Tous les regards se portèrent en ce moment sur le vieux Brémont (c'était le nom de
ce digne ami); il passa ses doigts sur ses yeux
humides, et prit la main d'Antoine qu'il pressa
affectueusement: puis Antoine continua ainsi:

« Où est mon père? dis-je à Brémont; est-
il encore vivant? puis-je encore me jeter à ses
pieds? — Vous êtes son fils, me répondit il;
Dieu soit loué ! il aura donc avant de mourir
cette consolation pour laquelle il a formé
tant de vœux; venez avec moi. »

Brémont m'introduisit dans une petite chambre assez sombre, où gissait mon malheureux père sur un lit de douleur. En approchant de lui tous mes membres palpitaient ; je jetai les yeux sur son visage, mais ce fut mon cœur plutôt que mes yeux qui le reconnurent, tant il était changé. Je me précipitai à genoux à côté de son lit : « Mon père ! mon père ! dis-je d'une voix étouffée, voyez votre fils, votre fils repentant ; revoyez-le sans colère et bénissez-le. » Au son de ma voix il se retourna et ses yeux se ranimèrent. Une de ses mains était hors du lit ; je la saisis et la baignai de larmes. « Rêvai-je ? dit mon père d'une voix mourante ; est-ce toi ? est-ce bien toi ? Ah ! malheureux ! de quelle amertume tu as empoisonné ma vie ! — O mon père, j'ose à peine lever les yeux sur ce visage que je crains de voir courroucé ! Ayez pitié de votre fils ; la vertu est rentrée dans son cœur ; on l'a jugé digne d'obtenir sa grâce ; voilà des attestations de sa conduite, voici le fruit de son travail assidu. Hélas ! que ne peut-il vous montrer aussi les preuves de la douleur et

des remords qui ont déchiré son cœur depuis
six ans ? O mon père , jetez un regard de clémence sur son repentir; pardonnez à votre
enfant , et que la malédiction paternelle ne
pèse pas sur sa vie. — Tu es repentant , tu
es converti , tu as mérité ta grâce ! Ah! que
ces mots adoucissent l'horreur de mes derniers momens ! Dieu merci , tu es arrivé à
temps; un peu plus tard tu n'eusses pas revu
ton malheureux père. Va , il ne sera pas plus
inexorable que ceux qui t'ont pardonné. Il
faut que je me hâte.... je sens la mort qui approche rapidement.... Viens, mon enfant , viens
pour la dernière fois recevoir le baiser paternel.... Je te pardonne..... je te bénis.... Brémont, cher Brémont, je te recommande mon
fils..... Adieu, mon ami.... adieu, Antoine ,
mon fils.....» Il n'en put dire davantage, et
je reçus son dernier soupir qu'il exhala dans
mes bras.

Un frisson glacé courut dans tous mes
membres. Je restai dans l'attitude où je me
trouvais , soutenant la tête de mon père,
comme s'il n'eût été qu'endormi. Je ne pouvais ni pleurer ni me mouvoir; j'étouffais. Je

me laissai enfin entraîner machinalement par
Brémont, et lorsque je fus hors de la chambre, je tombai sur le plancher; mes larmes
alors s'ouvrirent un passage, et je commençai à pouvoir respirer. Brémont me prit la
main. « Jeune homme, me dit-il, il ne faut
point se laisser abattre ainsi. Votre douleur
est légitime; mais regardez-moi, la mienne
est grande aussi, votre père était mon meilleur ami, mon frère, le compagnon de ma
vieillesse. — Ah! répondis-je, vous n'étiez
pas son fils, et un fils ingrat! » Je continuai
de m'abandonner à cette douleur que je ne
cherchais même pas à combattre. Le lendemain, je voulus voir encore les restes de mon
père avant qu'ils fussent déposés dans le cercueil. Il ne pouvait plus m'entendre et je lui
demandais encore en sanglotant sa bénédiction. Enfin on l'enleva à l'espèce de culte que
je lui rendais. J'accompagnai cette dépouille
respectée à sa dernière demeure; je vis descendre la bière, j'entendis les mottes de terre
tomber avec un bruit sourd sur ce cercueil
qui disparut à mes yeux; je poussai un cri

et me précipitai sur cette terre funèbre d'où
il fallut m'arracher.

O mes enfans, lorsqu'un jour je descendrai
dans la tombe à mon tour, vous saurez ce
qu'est la perte d'un père; mais, grâce à Dieu,
vous ne connaîtrez pas ce qu'on éprouve
quand on croit avoir contribué à abréger ses
jours en empoisonnant sa vie. Excellent père,
digne d'avoir donné la naissance à un meilleur
fils! Ses dernières paroles furent cependant
pour moi; elles me firent entendre mon pardon, et son dernier geste fut pour me donner
la bénédiction paternelle; legs précieux!
sans lequel un chagrin incurable eût abreuvé
d'amertume toutes les années que le ciel
devait m'accorder encore.

Lorsque nous fûmes de retour de la lugu-
bre cérémonie, Brémont ne voulut pas me
permettre de rester dans la maison où ce
douloureux spectacle avait déchiré mon
cœur. « Mon fils, me dit-il, ton père t'a recommandé à moi; j'accepte ce legs et j'ac-
complirai ses intentions. Il était mon ami;
veux-tu que je sois le tien? Viens dans ma
maison, et nous parlerons quand tu seras plus

calme. » Ces mots me pénétrèrent de reconnaissance ; j'obéissais aux derniers ordres de
mon père en suivant Brémont, et je lui dis
que je m'abandonnais à lui.

DIX-HUITIÈME SOIRÉE.

Antoine trouve un protecteur ; histoire de Brémont ;
tableau d'une famille vertueuse et heureuse.

La maison où me reçut Brémont était
celle-ci ; la même où nous nous trouvons en
ce moment réunis : cette chambre était la
sienne ; cette boutique, cet atelier, étaient à
lui ; il y occupait un certain nombre d'ouvriers et y jouait le rôle que j'y joue maintenant. Il me proposa de demeurer ici avec
lui ; je lui répondis que je n'avais d'autre volonté que la sienne.

Lorsque ma première douleur fut exhalée
et que je commençai à retrouver un peu de
calme, j'éprouvai le désir de connaître les circonstances du déplacement de mon père, et
comment il avait quitté Rennes pour venir
s'établir à Lyon. Brémont s'empressa de me
satisfaire : il m'apprit que mon père, accablé
par mon abandon impie, était tombé dangereusement malade, et n'avait été rendu à la

vie que par une sorte de miracle; mais il ne s'était jamais remis entièrement, et avait conservé jusqu'à la fin de ses jours une santé bien chancelante. Ayant appris deux ans après par la voix publique qu'un arrêt me condamnait à une reclusion de dix ans, il ne put supporter ce dernier coup. Sa ville natale, où tout lui rappelait un fils sur lequel il avait fondé des espérances si cruellement déçues, lui devint odieuse. Il ne pouvait endurer la présence de tant de personnes pour lesquelles mon déshonneur n'était point un mystère. Brémont, étant venu à Rennes à cette époque pour des affaires relatives à son état, l'y avait trouvé dans cette cruelle situation, et lui avait proposé de quitter cette ville pour aller à Lyon, où il se chargeait de lui procurer de l'ouvrage. Mon père avait accepté et était parti avec cet ami. Ceci m'expliqua comment il n'avait pu répondre aux lettres que je lui adressais de ma prison, et qui ne lui étaient point parvenues. Brémont avait tenu sa promesse et procuré constamment du travail à son ami; jusqu'à ce qu'enfin cet infortuné père était de nouveau tombé malade, quelque temps avant mon arrivée. « Il se sentait mourir, me dit Brémont, et dans l'agonie où tu l'as trouvé, il te nommait sans cesse, t'appelait, demandait à te voir encore une fois, et faisait des vœux ardens pour ton retour à la vertu. Le ciel a récompensé la sienne en te ramenant encore assez à temps, pour qu'il reçût avant d'expirer l'assurance que ses souhaits étaient accomplis.

» Maintenant, ajouta Brémont, il s'agit de réaliser cette espérance que tu lui as fait concevoir à ses derniers momens, et de justifier la joie que lui a causée ton retour et la bénédiction qu'il t'a donnée en te pardonnant. C'est moins par des larmes que par ta conduite et ton travail que tu peux honorer la mémoire de ce bon père. Il faut, mon ami, commencer sans retard à te livrer à une occupation; tu y trouveras un adoucissement à ta douleur, car le travail console. Mais d'abord, fais-moi le plaisir de me raconter à ton tour ce qui t'est arrivé et ce que tu as fait, depuis ce funeste départ qui a été une source de tant de chagrins. »

Je devais cette confidence à Brémont, et

je lui fis le récit de mes aventures avant et pendant ma captivité, avec la même franchise que je viens d'y mettre en vous le répétant. Puis j'ajoutai en terminant : « Hélas ! le ciel m'a accordé la grâce que je lui ai demandée avec instances pendant six ans, mais il me l'a fait acheter bien chèrement. J'ai reçu le pardon de mon père, mais j'ai reçu en même temps son dernier soupir ! Je ne l'ai revu que comme dans un songe qui ne m'est apparu qu'un instant. Telle était la volonté de Dieu, et je dois m'y soumettre sans murmurer. Vous, vous êtes mon second père, guidez-moi, cher Brémont ; veillez sur moi, et remplacez tous les appuis que j'ai perdus. »

— « Compte sur moi, me répondit-il avec émotion, les choses s'arrangent pour le mieux en ta faveur. Je suis serrurier, et c'est précisément l'état que tu as appris. Tu vas travailler chez moi, et si tu te conduis bien, comme je n'en doute pas, tu sauras plus tard mes intentions. »

Vous connaissez tous, mes amis, l'excellent homme dont je vous parle et qui m'écoute en même temps que vous ; vous savez qu'il est un modèle respectable de piété, de vertu ét de probité ; mais vous ne l'avez pas vu à cette époque, où plus jeune il joignait à ces qualités honorables l'ardeur et l'activité, et donnait à tout ce qui l'entourait l'exemple du travail et d'une conduite sans reproche. Brémont avait toujours été vertueux et laborieux........

Ici Antoine fut interrompu par son vieil ami qui lui dit : « Antoine, c'est ton histoire que je t'ai prié de raconter et non la mienne ; tu me feras plaisir d'abréger ces détails qui me concernent. » Et en disant ces mots il baissa les yeux modestement.

Antoine reprit :

« Cher Brémont, pourquoi voulez-vous que je prive ces jeunes gens de la leçon que peut leur offrir le tableau d'une vie irréprochable et d'une vertu constante ? Permettez - moi de continuer.

Brémont, en ne se mariant pas, avait fait un grand sacrifice à son père infirme, à sa mère et à une jeune sœur. Il avait craint, en s'imposant de nouvelles charges, de ne pouvoir remplir vis-à-vis d'eux tous les devoirs

d'un bon fils. C'était lui qui avait soutenu la
vieillesse de ses parens, et il était parvenu à
marier sa sœur avantageusement à un honnête charpentier qui faisait de bonnes affaires.
Pour accomplir ces pieuses obligations, il
avait renoncé à des jouissances que son cœur,
peu fait pour le célibat, aurait su dignement
apprécier. Mais il était content, néanmoins,
et goûtait cette satisfaction, ce calme, qui
résultent d'un grand sacrifice fait à la vertu
et surtout à la piété filiale. Son père et sa mère
avaient quitté ce monde avant que je connusse Brémont; mais sa sœur et son beau-
frère existaient encore, et avaient une fille
âgée de dix-sept ans, qu'il regardait et ai-
mait comme son enfant. Tous les dimanches
ce bon ménage venait de fondation dîner
chez Brémont; mon père, lorsqu'il existait
encore, faisait partie de cette petite réunion,
et ce fut moi qui le remplaçai. Quel spectacle
nouveau m'offrait cette intéressante famille!
Moi, qui avais passé mon enfance avec des
compagnons vicieux, entraîné par eux dans
la débauche; moi qui n'avais connu dans
le monde que des hommes dépravés, et qui

m'étais vu relégué pendant six ans dans un lieu de châtiment, en compagnie avec des êtres que la société a rejetés pour leurs crimes ! je me trouvais transporté tout à coup, et après avoir reçu de terribles leçons, dans le sein d'une famille honnête et heureuse par ses sentimens et par ses vertus. Je voyais un homme, un chef de famille, qui avait tout sacrifié pour assurer le bonheur des siens, et qui jouissait avec délices de ce bonheur, qu'il pouvait regarder comme son ouvrage ; je voyais un père travaillant avec ardeur pour sa femme et pour sa fille, et se reposant doucement de ses travaux, dont il recueillait le prix dans l'affection conjugale de l'une et dans la piété filiale de l'autre ; je voyais une bonne mère, soigneuse de son ménage, élevant son enfant à la pratique des vertus qu'elle avait toujours connues ; je voyais enfin une jeune fille que le ciel leur avait donnée, pour les faire jouir encore de l'espérance après avoir comblé tous leurs vœux.

Hélène (c'était son nom), était plus gracieuse que jolie ; sa physionomie exprimait surtout la douceur, et il y avait tant d'inno-

cence dans ses regards et dans toute sa personne, qu'il eût été impossible en la voyant
de se défendre d'un véritable respect. Rien
ne pouvait égaler ses soins attentifs pour son
père et sa mère et pour leur bon parent Brémont; elle s'entendait à tous les travaux du
ménage, dans lesquels elle secondait sa mère,
et s'occupait encore à d'autres ouvrages de
femme qui servaient à augmenter l'aisance
de la maison. Le dimanche soir, au sein de
la petite réunion de famille, on faisait ordinairement en commun une lecture pieuse
ou instructive. C'était Hélène qui lisait à
haute voix ; sa voix était douce et pure,
et donnait à ce qu'elle lisait une expression
touchante, qui rendait plus persuasives encore
les vérités qui passaient par sa bouche.

Lorsqu'elle avait fini de lire, elle embras-
sait ses parens et Brémont; et moi je restais
absorbé dans une émotion toute nouvelle,
toute inconnue. Je ne m'étais jamais fait une
idée d'un semblable tableau. Je ne pouvais
me rendre compte de ce que j'éprouvais,
mais j'étais pénétré d'un regret amer de n'a-
voir pas été toujours fidèle à la vertu. Je n'o-

sais regarder Hélène et encore moins lui parler; elle paraissait à mes yeux un ange avec lequel je n'étais pas digne de m'entretenir, et le souvenir de ma vie passée couvrait mon front de rougeur, lorsque les regards de cette innocente créature se portaient sur moi.

Cependant elle, ses parens, et mon protecteur Brémont, étaient pour moi on ne peut plus affectueux, et semblaient reporter complaisamment sur le fils l'amitié qu'ils avaient eue pour le père. Tous, hors mon respectable ami, ignoraient mes erreurs et le châtiment que j'avais subi. Cela me causait une sorte de gêne; j'aurais voulu qu'ils pussent en être instruits et me conserver encore l'estime qu'ils me témoignaient, et d'un autre côté, je tremblais de perdre cette estime, qui était devenue si nécessaire à mon bonheur. Je m'efforçais de la mériter par ma conduite présente; je m'étais mis à travailler avec zèle chez Brémont, et je m'étais promptement distingué parmi les ouvriers par mon ardeur et par mon habileté. S'il y avait quelque ouvrage difficile et délicat, c'était moi qui en étais chargé. J'avais la satisfaction de voir que Brémont ne recevait que des complimens pour les objets qui étaient sortis de mes mains; c'était une jouissance pour moi de penser que j'acquittais ainsi au moins une petite partie de toutes les obligations que j'avais déjà à cet excellent homme. Mais je devais lui en avoir bien d'autres encore.

DIX-NEUVIÈME SOIRÉE.

Antoine est amoureux; il devient maître de maison;
fin de l'histoire du jeune André.

J'avais pris le soin de recueillir le modeste
héritage de mon père. Il s'élevait au delà de
ce que j'aurais dû naturellement espérer. Il
me fut aisé de voir que cet excellent père
avait songé aux besoins auxquels je pourrais
être exposé après ma détention, et qu'il s'é-
tait imposé de nombreuses privations afin
de me laisser quelques ressources. Je ne pus
avoir de doutes à ce sujet, et mon cœur fut
oppressé par cette idée. O bonté paternelle!
il n'est rien qui soit capable de te lasser.
Pauvre père! il pensait à moi sans cesse;
combien n'avait-il pas dû souffrir de mes
égaremens! Ce petit héritage, joint à ce que
j'avais gagné en prison, forma une somme
que je mis en réserve afin de l'augmenter
par mon travail actuel, et de pouvoir l'employer, lorsqu'elle serait suffisante, à acheter

une boutique et à m'établir. Je continuais de travailler avec un zèle soutenu, et de remplir tous mes autres devoirs. Je me rappelais scrupuleusement les derniers conseils de l'aumônier de la prison, et je m'efforçais de les mettre en pratique. Rien n'eût été capable de me faire manquer à mes devoirs religieux, que je remplissais avec autant d'exactitude qu'à l'époque où j'avais été le plus malheureux. Mes momens de loisir étaient consacrés à des lectures utiles et à m'entretenir dans l'habitude d'écrire. Je voyais de jour en jour s'accomplir les promesses de notre aumônier ; je jouissais de plus en plus de l'estime et de l'amitié des personnes dont j'étais entouré, et je rendais grâces à Dieu de m'avoir retiré de l'abîme pour me remettre sur la bonne voie.

Telle était la vie que je menais chez Brémont.

Cependant je me sentais malgré moi préoccupé par une pensée constante. Le jour et la nuit l'image de la jeune Hélène se présentait à mon imagination. Je fus long-temps m'expliquer à moi-même ce que c'était que ce sentiment si neuf pour moi ; mais enfin ,

il ne me fut plus possible de douter que j'ai-
masse. Cette découverte me fit frémir. « Est-
il possible! me dis-je; j'aimerais Hélène!
Eh! malheureux! que puis-je espérer? Le moment où j'en ferais l'aveu en même temps que
celui de ma vie passée, ne serait-il pas le
moment où je me verrais banni du sein de
cette famille si pure, si vertueuse! Hélas!
concevront-ils quel fut mon repentir, quelle
fut mon expiation? Et ce repentir, cette
expiation sont-ils eux-mêmes suffisans pour
mériter une créature sans tache comme Hélène! Oh! quel nouveau châtiment le ciel a-
t-il résolu de m'imposer! Mon Dieu, donnez-
moi la force de résister encore à cette
épreuve. Mais que faire? Voir Hélène chaque jour et ne pas me trahir... je ne le pourrai
jamais. Allons, il faut encore consommer un
sacrifice. »

A peine eus-je pris une résolution subite, que
je me hâtai de l'exécuter. J'allai trouver Brémont : « Mon protecteur, mon second père,
lui dis-je, me pardonnerez-vous? Oh! pardon-
nez-moi, je vous en conjure; mon cœur est
déchiré, mais il le faut, il le faut absolument.

—Quoi? quoi donc? me dit-il.—Vous quitter, renoncer à vos soins, à vos bontés,
m'éloigner de Lyon.—Que dis-tu? Antoine!
Quelle est cette résolution? Quel motif te la
fait prendre? — O mon vénérable ami, je
ne dois avoir rien de caché pour vous. Vous
m'excuserez quand vous connaîtrez la cause
de ma fuite.—Parle donc, malheureux jeune
homme! — Que voulez-vous que je fasse?
J'aime votre nièce, je ne puis prétendre à
elle, je n'en suis pas digne, elle est pure et
le crime a souillé ma vie; elle l'ignore, ses
parens l'ignorent; ils me détesteraient, me mé-
priseraient..... Laissez, laissez-moi fuir, et
plaignez-moi d'être obligé de vous quitter.
—Est-ce là tout? «(En disant cela il me pressa
sur son cœur.)«Mon pauvre enfant, continua-
t-il, reste avec moi, ne t'éloigne pas de l'ami
de ton père qui est devenu le tien. N'as-tu
donc pas appris encore qu'il ne faut point désespérer? Va, je connais toute ta vie et je
t'estime; pourquoi les autres te mépriseraient-
ils? Il dépend de toi de les forcer à te considérer; continue d'agir comme tu fais. Toute
ta conduite prouve assez ton repentir; et si

tu te souviens si bien de tes fautes, c'est
une raison pour que les autres les oublient.
Mon pauvre Antoine, si tu manquais encore
à tes devoirs, on se rappellerait tout le passé;
mais sois toujours honnête homme comme
tu l'es maintenant, et il ne sera personne qui
ose te reprocher ce que tu fus jadis. Reste
avec moi, te dis-je; confie-toi à mon amitié
et au désir que j'ai de te voir heureux. Ne
sais-tu pas comment on réussit dans les choses difficiles? C'est en ayant recours à Dieu,
et en agissant avec une volonté ferme et une
persévérance constante. »

Je ne vous dirai pas les mouvemens divers
qui agitaient mon cœur pendant que Brémont
me parlait. J'aimais, j'avais bien besoin d'espérer, et il me donnait de l'espérance. Je l'é-
coutais avec avidité, et vous pensez bien qu'il
ne lui fut pas difficile de détruire une résolution que m'avait dictée la douleur. « Oui,
oui, je resterai, m'écriai-je, je suivrai tous
vos avis, je m'efforcerai de devenir moins
indigne du bonheur auquel j'ai osé prétendre.
O mon digne ami, que je vous remercie! ma
vie est à vous, disposez de moi, faites de moi

8 *

tout ce que vous voudrez; vous avez acquis
tant de droits sur moi que je ne m'appartiens
plus. »

Depuis ce jour, il me sembla que je voyais
Hélène avec un peu moins d'embarras; j'o-
sais davantage lui parler et la regarder, et
je crus démêler qu'elle-même ne me voyait
pas sans intérêt. Je la vis rougir dans un moment où ses parens faisaient mon éloge et
disaient que j'étais un bon jeune homme.

Ce sentiment doux et pur, cette espérance,
avaient doublé mes forces. Dieu m'avait déjà
accordé tant de grâces, que j'implorais avec
confiance de sa bonté celle qui était devenue
si nécessaire à mon repos et à ma félicité
sur la terre. Actif et laborieux, je dirigeais
en quelque sorte l'atelier de Brémont, qui s'en
reposait sur moi sans crainte. Il m'avait mis
en rapport avec les personnes pour lesquelles
il travaillait. J'avais réussi à les satisfaire, et je
voyais avec joie qu'elles m'estimaient comme
un honnête homme et un ouvrier intelligent.
Combien alors je remerciais le ciel de récom-
penser ainsi les efforts que j'avais faits pour
revenir au bien! J'étais heureux, partageant

les jouissances paisibles que la famille de mon protecteur goûtait au sein de l'union et de la vertu ; je nourrissais une douce espérance pour mon avenir, et je faisais mon possible pour mériter de la voir réalisée.

Ce fut ainsi que je vis s'écouler trois années. J'étais loin encore de m'attendre au bienfait que me préparait Brémont. Il m'appela un jour dans sa chambre, et me dit : « Antoine, il y a long-temps que je travaille, et je ne suis plus jeune. Tu me rends depuis quelque temps le service de me remplacer pour beaucoup de choses. J'ai envie de me reposer et que tu me remplaces tout-à-fait. L'argent que tu as gagné en prison, l'héritage de ton père et les économies que tu a faites depuis, forment une somme qui n'est pas suffisante, il est vrai, pour payer un fonds comme le mien ; mais si tu veux l'acheter, tu auras tout le temps pour acquitter le reste du prix que je puis y mettre. »

Je crus un moment rêver, en entendant ces paroles ; je me frottai les yeux, puis je me jetai au cou de Brémont en m'écriant : « ô mon bienfaiteur ! » et je ne pus en dire davantage. — « Mes pratiques, continua-t-il, te connaissent et t'estiment ; tu seras toujours honnête et laborieux ; je suis sûr que tu feras une bonne maison. Ne désespère pas, t'ai-je dit ; je te le répète encore. » Je ne pouvais m'exprimer ; mais Brémont dut voir à quel point j'étais pénétré de reconnaissance. Il fit lui-même tous nos arrangemens d'une manière si avantageuse pour moi, qu'on eût cru voir un père assurant les intérêts de son fils. Je restai à la tête de la maison ; je pris l'appartement de Brémont qui était celui où nous voilà rassemblés, et lui, ne voulant pas s'éloigner de moi et de sa famille, alla dans la maison voisine, où elle demeurait, occuper le logement qu'il y occupe encore.

Lorsque je me vis maître de maison et propriétaire d'un atelier, je ne pus me défendre de comparer la situation où venait de m'amener une conduite honnête, sage et laborieuse, avec celles où j'avais été précipité par une vie d'abord dissipée et bientôt criminelle ; puis je me dis : « A quoi a-t-il tenu cependant que je fusse toujours un misérable ! O Dieu, qui m'avez éclairé, homme pieux dont les sages paroles ont ramené mon cœur à la vertu, recevez l'hommage de mon succès et de tout ce bonheur que je vous dois. Chère Hélène, voilà encore un pas de fait pour me rapprocher de vous. Cet oncle que vous révérez et qui vous aime, me traite aussi comme son enfant; oh! son estime et son affection doivent me rendre moins indigne de vous. Comptons toujours sur la bonté de Dieu et sur l'indulgence de nos semblables. »

Il y avait à peine huit jours que je me voyais maître dans l'atelier, lorsqu'on vint dès le matin m'avertir qu'un ouvrier demandait à me présenter son livret pour obtenir de l'ouvrage chez moi. J'allai au-devant de lui, et je n'eus besoin que de l'envisager pour pousser un cri de joie en reconnaissant mon jeune camarade de prison, le pauvre André. Aussitôt qu'il me vit : « C'est vous ! s'écria-t-il, que je suis heureux ! » et je lui tendis les bras où il se jeta, au grand étonnement des ouvriers de l'atelier.

Il était en deuil. Après lui avoir dit en peu de mots comment je me trouvais dans la situation où il me voyait, je le priai de m'appren-

dre aussi ce qu'il était devenu depuis sa sortie
de prison.

« Mon bon conseiller, me dit-il, car je veux
continuer de vous nommer ainsi, lorsque
j'arrivai à Lyon, grâce aux moyens que m'en
avait fourni notre charitable aumônier, je
fus reçu par le curé de St.-P..., avec une bonté
qui me prouva qu'il était l'ami de ce digne
homme. Il me recommanda ; j'obtins de
l'ouvrage chez un serrurier qui avait une
entreprise considérable ; je fis de mon mieux,
et vous pouvez voir par mon livret que j'ai
travaillé à la satisfaction de lui et des autres
qui m'ont employé depuis. J'ai vécu avec éco-
nomie, et j'ai pu mettre quelque chose de
côté pour le moment où ma pauvre mère
sortirait de prison. Ce moment est arrivé il y
a peu de mois ; j'ai revu ma mère, mais dans
un état bien déplorable ; le chagrin avait tellement altéré sa santé qu'elle était mécon-
naissable. Je lui ai donné tous les secours qui
ont été en mon pouvoir ; mais hélas ! elle n'a
pu survivre long-temps, après les tourmens
qui avaient déchiré son cœur. J'ai été obligé
de cesser de travailler pour ne la point quitter

à ses derniers momens. Elle n'avait que moi, ma pauvre mère! Oh! si vous l'aviez vue, si vous aviez entendu ses dernières paroles! C'était en vain que je m'efforçais d'adoucir les reproches amers qu'elle se faisait à elle-même. Sa raison était presque égarée, et il y avait des instans où, quoique je fusse à ses côtés, elle ne me voyait pas et me croyait encore en prison. Quel déchirant spectacle! Elle priait Dieu pour moi et demandait à être punie seule; je l'appelais, je lui parlais; elle ne m'entendait plus. Mon cœur était brisé; et c'est ainsi que je l'ai vue expirer sous mes yeux. Ce tableau ne s'effacera jamais de ma mémoire... »

Comme Antoine achevait ces paroles, un des ouvriers qui l'écoutait vint se jeter à son cou en sanglotant, et tous les auditeurs le regardèrent avec surprise et émotion.

Oui, le voilà cet André, reprit Antoine, le voilà, je suis son ami et il le sait bien. La dernière maladie de sa mère, les devoirs qu'il lui avait rendus avaient épuisé ses faibles ressources. Le ciel l'adressa à moi, et j'étais assez heureux pour pouvoir lui être utile. Nous ne nous sommes plus quittés depuis,

nous ne nous quitterons jamais, et il peut
être tranquille sur son sort tant qu'il me res-
tera quelque chose. Viens, mon ancien compagnon d'infortune, viens encore dans mes
bras : nous sommes liés par des souvenirs qui
unissent à jamais nos cœurs ; compte toujours
fermement sur ton ami Antoine.

Cette scène, qui causa un grand mouvement dans l'auditoire d'Antoine, interrompit
ce soir-là le récit de ses aventures, dont chacun désirait ardemment de connaître la fin.

VINGTIÈME SOIRÉE.

Promenade champêtre; parabole de l'enfant prodigue;
craintes d'Antoine dissipées.

C'est un être bien intéressant, reprit Antoine, qu'un jeune homme qui, après avoir
été entraîné dans le vice, fait un retour sur
lui-même et revient à la vertu. Il n'est personne qui ne se réjouisse de sa conversion,
et qui ne soit disposé à seconder ses efforts
et à lui prêter les secours dont il a besoin.
Aussi André n'avait-il pas manqué d'appuis.
Je voulus voir le bon curé qui avait été son
premier protecteur. Ce seul motif eût suffi
pour m'en inspirer le désir; mais j'en avais
encore un autre; ce digne ecclésiastique était
l'ami de notre aumônier, et cela établissait
une sorte de rapport entre nous. André me
conduisit chez lui : je trouvai un vieillard
vénérable qui me rappela l'apôtre de la prison. Je joignis mes remercîmens à ceux
d'André; puis je m'informai de mon sage

9

directeur, et j'eus la douleur d'apprendre qu'il venait de quitter la vie. Il avait fermé les yeux comme un juste, pour aller recevoir dans le ciel le prix de ses pieux bienfaits. Je plaignis les créatures que sa mort privait de soins si précieux; je songeai entre autres à Maurice, pour la conversion duquel l'existence de ce saint homme était le seul espoir qui me fût resté; et depuis ce jour, ne doutant point que celui qui m'avait sauvé ne fût auprès de Dieu, je l'invoquai comme un bienheureux et lui demandai de prier pour Maurice et pour moi.

Je présentai André à Brémont et à sa famille, et j'eus le plaisir de voir que l'intérêt que je lui portais fut suffisant pour lui faire obtenir le plus gracieux accueil, de ceux mêmes qui ignoraient combien il méritait cet intérêt par lui-même. Désirant qu'il fût témoin du bonheur pur que l'on goûte dans le sein des vertus domestiques, je demandai qu'il fût admis dans notre petite société; on se fit un plaisir de le recevoir à nos simples réunions du dimanche. Il éprouva tout ce que j'avais ressenti moi-même à la vue de ce tou-

chant tableau. Des larmes d'attendrissement
brillaient quelquefois dans ses yeux ; et il me
disait : « Hélas ! combien d'hommes gémissent
dans les fers et sous le poids des remords,
qui auraient pu être aussi heureux que cette
honnête famille ! »

Quant à moi, le sentiment que m'inspirait
la jeune Hélène ne faisait que s'accroître
par nos fréquens rapports, qui me décou-
vraient chaque jour en elle quelques nouvelles qualités estimables. Je trouvais une
douceur sans égale à me livrer à ce penchant
aussi pur que celle qui en était l'objet. Cependant ma situation, flottante entre l'espérance et la crainte de mon indignité, avait
quelque chose de pénible qui troublait souvent mes paisibles jouissances. Je me sentais
rassuré par ce que m'avait dit Brémont, et
pourtant quand je regardais en arrière sur
ma vie, je n'osais me comparer à celle de
qui je désirais toucher le cœur. Jamais, me
disais-je, je n'aurai la force de parler, de
faire de tels aveux, de former une semblable
demande. Il fallait qu'une circonstance inat-
tendue, subite, m'entraînât malgré moi pour

que je pusse me décider à courir cette chance
d'où devait dépendre tout mon sort futur.

C'était un dimanche et nous étions au
printemps; les arbres commençaient à se
couvrir de verdure; le ciel était pur et sans
nuages, le soleil versait une douce chaleur.
Pour nous délasser de nos travaux de la semaine, nous eûmes l'idée d'aller faire une
promenade champêtre et un frugal repas sur
le gazon. Après avoir rempli nos devoirs
pieux et entendu la messe de bonne heure,
nous partîmes tous ensemble, Brémont, le
père et la mère d'Hélène, elle, André et moi.
Nous dirigeâmes nos pas du côté du petit
village de Francheville, à peu près à deux
lieues de Lyon. Vous connaissez ce lieu, l'un
des plus pittoresques des beaux environs de
notre ville; ce joli vallon entre deux collines,
ce ruisseau qui coule au pied d'un rocher au
sommet duquel une église rustique est comme
suspendue, ces ruines d'aquéducs qu'on aper-
çoit au loin dans la vallée, enfin ces arbres
touffus à l'ombre desquels on peut se reposer
sous une fraîcheur constante. Ce fut là que
nous nous arrêtâmes pour prendre notre re-

pas que nous avions apporté nous-mêmes.
J'avais donné le bras à Hélène pendant la
route, et j'étais vivement ému. Toutes mes
idées de crainte et d'espérance se croisant
rapidement dans mon esprit, me donnaient
un air préoccupé et me rendaient silencieux.
Hélène me le reprocha avec douceur : je ne
pus lui répondre que par un soupir. Elle ne
me parla plus et j'entendis qu'elle soupirait
aussi.

Après que nous eûmes dîné frugalement :
« Hélène, dit Brémont, n'as-tu pas apporté
un livre ? — Oui, mon oncle. — Eh bien !
maintenant fais-nous une petite lecture, ma
fille. Tu sais bien que nous aimons tous à
t'entendre lire. » — Hélène tira alors de son sac
un livre ; c'était le Nouveau Testament. Nous
étions tous assis en rond sur l'herbe ; la jeune
fille était placée sur une petite butte de terre
qui l'élevait un peu au-dessus de nous. Elle
ouvrit au hasard le livre, et lut ce chapitre
de saint Luc.

« Tous les péagers et les gens de mauvaise vie s'approchaient de Jésus pour l'entendre.

» Et les Pharisiens et les Scribes en mur-
muraient et disaient : cet homme reçoit les
gens de mauvaise vie et mange avec eux.

» Mais il leur proposa cette parabole :

» Qui est l'homme d'entre vous, qui ayant
cent brebis, s'il en perd une, ne laisse les
quatre-vingt-dix-neuf au désert, et n'aille
après celle qui est perdue, jusqu'à ce qu'il
l'ait trouvée;

» Et qui l'ayant trouvée, ne la mette sur
ses épaules avec joie;

» Et étant arrivé à la maison n'appelle ses
amis et ses voisins, et ne leur dise : réjouis-
sez-vous avec moi, car j'ai trouvé ma brebis
qui était perdue?

» Je vous dis qu'il y aura de même plus
de joie dans le ciel pour un seul pécheur
qui s'amende, que pour quatre-vingt-dix-
neuf justes qui n'ont pas besoin de repen-
tance.

» Un homme avait deux fils, dont le plus
jeune dit à son père : mon père, donne-moi
la part du bien qui me doit échoir. Ainsi
le père leur partagea son bien.

» Et peu de jours après, ce plus jeune

fils ayant tout amassé, s'en alla dehors dans un pays éloigné, et il dissipa son bien en vivant dans la débauche.

» Après qu'il eut tout dépensé, il survint une grande famine en ce pays-là, et il commença à être dans l'indigence.

» Alors il s'en alla et se mit au service d'un des habitans de ce pays-là, qui l'envoya dans ses possessions pour paître les pourceaux.

» Et il eût bien voulu se rassasier des carrouges que les pourceaux mangeaient; mais personne ne lui en donnait.

» Étant donc rentré en lui-même, il dit : combien y a-t-il de gens aux gages de mon père qui ont du pain en abondance, et moi je meurs de faim !

» Je me lèverai et m'en irai vers mon père, et je lui dirai : mon père, j'ai péché contre le ciel et contre toi;

» Et je ne suis plus **digne** d'être **appelé** ton fils : traite-moi comme **l'un de tes domes**tiques.

» Il partit donc et vint vers son père. Et comme il était encore loin, son père le vit, et fut touché de compassion ; et courant à lui, il se jeta à son cou et le baisa.

» Et son fils lui dit : mon père, j'ai péché contre le ciel et contre toi ; et je ne suis plus digne d'être appelé ton fils.

» Mais le père dit à ses serviteurs : apportez la plus belle robe et l'en revêtez, et mettez-lui un anneau au doigt et des souliers aux pieds ;

» Et amenez un veau gras et le tuez ; mangeons et réjouissons-nous ;

» Parce que mon fils, que voici, était mort, et il est revenu à la vie ; il était perdu, mais il est retrouvé. Et ils commencèrent à se réjouir.

» Cependant son fils aîné qui était à la campagne revint ; et comme il approchait de la maison, il entendit les chants et les danses.

» Et il appela un des serviteurs, à qui il demanda ce que c'était.

» Et le serviteur lui dit : ton frère est de retour, et ton père a tué un veau gras, parce qu'il l'a recouvré en bonne santé.

» Mais il se mit en colère et ne voulut

point entrer. Son père donc sortit et le pria d'entrer.

» Mais il répondit à son père : voici il y a tant d'années que je te sers , sans avoir jamais contrevenu à ton commandement, et tu ne m'as jamais donné un chevreau pour me réjouir avec mes amis.

» Mais quand ton fils, que voilà , qui a mangé tout son bien avec des femmes débauchées , est revenu, tu as fait tuer un veau gras pour lui.

» Et son père lui dit : mon fils tu es toujours avec moi , et tout ce que j'ai est à toi.

» Mais il fallait bien faire un festin et se réjouir, parce que ton frère que voilà était mort, et il est revenu à la vie, il était perdu et il est retrouvé. »

Pendant tout le temps de cette lecture il me sembla entendre un ange annonçant à des créatures humaines la parole de Dieu. La bouche d'Hélène était si pure et si digne de prononcer ce saint discours , sa voix avait tant de charme , de douceur et d'onction que le cœur en était pénétré. J'avais reconnu le texte du sermon de l'aumônier auquel je devais en grande partie ma conversion; puis, dans la position où je me trouvais, cette parabole de l'enfant prodigue avait un si grand rapport avec moi, que toutes mes facultés étaient bouleversées au moment où la jeune fille cessa de lire. Je ne pus y tenir plus long-temps, je me jetai à genoux et je fondis en larmes. On s'empressa autour de moi, et la pauvre Hélène était dans la plus grande agitation. « Qu'avez-vous ? qu'avez-vous ? » me dirent son père et sa mère. — « Qu'avez-vous ? » répétait Hélène. André me serrait dans ses bras, et Brémont gardait un grave silence. — « Ah ! m'écriai-je enfin, quel que doive être mon sort, je ne puis renfermer plus long-temps ce fatal secret. Il faut que je parle, il faut que j'avoue... Apprenez que j'ai osé aimer votre Hélène, votre ver-tueuse enfant... — Je le savais, me répondit son père avec un grand calme. — Vous le saviez! oh Dieu! et vous avez souffert... — Pourquoi donc pas? et quel mal as-tu fait en aimant notre Hélène? — Ah! vous ne savez pas tout, vous ignorez... Je fus un coupable, j'ai subi un jugement, j'ai aban-

donné mon père, j'ai passé six années... —
Je le savais, dit-il encore, et Hélène aussi
le savait. — Que dites-vous? que dites-vous?
et vous ne m'avez point chassé! et vous,
Hélène, vous ne m'avez point méprisé et
haï! — Non, répondit la jeune fille, nous
avons dit : « il faut faire un festin et nous
» réjouir, parce que notre frère que voilà était
» mort, et il est revenu à la vie; il était per-
» du et il est retrouvé. » — Je sentis jusqu'au
fond de l'âme le charme délicat de cette
application touchante et charitable, et cher-
chant les yeux de la douce créature qui
venait de parler, je rencontrai un regard plein
de compassion et de tendresse. — « Je ne vous
demande pas, ajoutai-je, par qui vous êtes
informés de ce qui me concerne. » Brémont
sourit. « Oui, oui, c'est moi, dit-il, c'est
moi qui ai parlé, et quand je te disais de ne
pas désespérer, mon pauvre enfant, je savais
ce que je disais. Demande à mon frère ce qu'il
pense de toi. » — Je n'osais plus rien dire et
j'attendais en quelque sorte mon arrêt, n'o-
sant croire, malgré ce que j'entendais de
rassurant, qu'il pût être favorable. — « An-

toine, me dit le père d'Hélène, calme ce
trouble qui t'agite. Nous connaissons toute
l'histoire de ta vie; plus tu fus coupable,
plus tu as de mérite à être revenu à la bonne
voie. Lorsqu'on répare ses fautes comme tu
as su le faire, il n'est personne qui ait le droit
de nous mépriser. Si nous ne connaissions
que ta conduite présente, nous jugerions que
tu mérites toute l'estime et tout l'intérêt qu'on
accorde à un honnête homme, à un bon chrétien, à un citoyen utile; t'estimerons-nous
moins parce-que tu as eu plus de peine et plus
de mérite à devenir ce que tu es aujourd'hui?
Non, mon ami, non, et tu vas en avoir la
preuve; nous savons qu'Hélène a partagé invo-
lontairement le sentiment qu'elle t'a inspiré.
Approchez tous les deux, mes enfans, venez
que j'unisse vos mains, et que celle qui fut
toujours vertueuse devienne la récompense
de celui qui a eu assez de force pour revenir
à la vertu »... Je saisis avec transport la main
d'Hélène et je tombai aux genoux de ses
parens, dans un état que j'aurais autant de
peine à décrire que celui où m'avaient mis
les circonstances les plus douloureuses de

ma vie. Puis j'allai me précipiter dans les bras de Brémont, qui pleurait et riait tout à la fois. Pendant ce temps-là , André était resté immobile les mains jointes. Il vint à son tour se jeter à mon cou en disant : « O mon ami, que je suis heureux de votre bonheur! vous le méritez, vous le méritez, le ciel est juste, il vous récompense! » Je ne puis plus peindre le reste de cette scène et l'ivresse de tous les personnages qui la composaient. Ce fut dans cet état de joie, de transports, de délices que nous rentrâmes à la ville.

~~~~~~

VINGT-UNIÈME ET DERNIÈRE
SOIRÉE.

Mariage d'Antoine ; fin tragique de Maurice ; le récit
d'Antoine est terminé.

MA raison eut presqu'autant de peine à
résister à l'excès de mon bonheur, qu'elle en
avait eu à supporter mes plus grandes ad-
versités. Lorsque je fus seul chez moi, je
me prosternai devant mon Créateur, pour rendre de ferventes actions de grâces à ce Dieu
qui m'avait arraché aux ténèbres et ramené sous un ciel si brillant et si pur. La
prière me fit autant de bien dans la joie
qu'elle m'en avait fait dans la douleur. Quelle
était douce la reconnaissance dont mon cœur
était rempli pour cet être puissant et bon,
pour cet auteur de tout bien! Ah! la reconnaissance est nécessaire à l'homme heureux
comme l'espérance à celui qui souffre.

Je suppliai les parens d'Hélène de hâter le
moment de mon bonheur, puisqu'il n'y avait
plus aucun obstacle qui pût le retarder. Nos

bans furent publiés et le mariage eut lieu
quatre semaines après la promenade à Francheville. Je désirai que ce fût le bon curé,
l'ami de mon aumônier de respectable mémoire, qui me mariât. Il y consentit avec un
vif empressement. Je conduisis à l'autel ma
chère Hélène. Oh! qui pourrait dire tout ce
qui se passa dans mon âme? A peine avais-je
la force de me soutenir sur mes jambes trem-
blantes; je restai prosterné et absorbé pendant
tout le temps de la messe; j'appelai sur moi la
bénédiction de mon père qui regardait sans
doute alors son fils du haut des cieux; j'im-
plorai de nouveau le pardon de toutes mes fautes; et j'écoutai avec recueillement les sages
conseils qui nous furent adressés par le prêtre.
Mais lorsque je tournai les yeux vers Hélène
pour lui jurer devant Dieu amour, protec-
tion et fidélité, il y avait dans sa physionomie tant de candeur et d'innocence que je
tremblai encore de n'être pas assez digne
d'une compagne si vertueuse et si pure. Oh!
avec quelle fermeté et quelle pieuse résolution je prononçai le vœu de te rendre heureuse et de te consacrer ma vie! comme il

m'a été facile de le remplir ! Excellente
femme ! Jamais aucun nuage ne s'est élevé
entre nous ; rien n'est venu troubler la bonne
harmonie qui a constamment uni nos âmes ;
et je te dois le plus grand et le plus véritable bonheur qu'il soit donné à l'homme de
goûter sur cette terre.

En disant ces mots, Antoine tendait les
mains vers sa femme qui vint se jeter sur
son sein en versant de douces larmes. Les
deux enfans les enlacèrent de leurs bras ca-
ressans. Brémont, les vieux parens d'Hélène
et André contemplaient ce groupe avec ravis-
sement ; et les autres auditeurs complétaient
le tableau par leur attitude et par l'expression
de leur attendrissement.

Oui, mes enfans, oui, mes amis, continua Antoine, nous avons été toujours heureux
et unis comme vous voyez que nous le sommes
en ce moment. L'amour, la piété, la tendresse filiale et paternelle, l'amitié, la reconnaissance, le travail, les soins domestiques,
ont rempli jusqu'à ce jour tous les instans de
notre vie et la rempliront jusqu'au bout.

Un an après notre mariage nous vîmes

naître notre premier enfant. Il n'y a qu'un père et une mère qui sachent ce qu'on éprouve à ce moment où l'on se voit revivre dans une nouvelle créature. Ce sentiment ne peut se transmettre et on n'en donne point une idée. J'aurais désiré que le bon curé de Saint-P... baptisât mon fils, mais nous avions eu le chagrin de le voir quitter ce monde peu de mois après notre mariage. Notre fille vint au jour deux ans plus tard. C'est vous, mes bons enfans, vous voilà ! Je me suis souvenu en vous élevant des conseils de notre aumônier. Vous serez les soutiens et le charme de notre vieillesse. Mon expérience vous apprendrait ce qu'il en coûte pour oublier les devoirs que le ciel impose aux enfans vis-à-vis des auteurs de leurs jours; mais, grâces à Dieu, vous n'avez pas besoin de cette leçon, et vos propres sentimens valent mieux pour vous diriger que toute l'expérience et tous les préceptes possibles.

Depuis cette époque, mes amis, ma vie n'a plus rien eu de remarquable. Mes journées se sont écoulées doucement dans un paisible bonheur. Vous en êtes témoins; vous

9 *

voyez que tout est jouissance pour moi; je
suis heureux époux, heureux père, j'ai de
bons amis, les hommes veulent bien m'accorder quelque estime, le ciel bénit mes travaux et ma famille, il me donne même les
moyens de faire du bien à quelques infortunés. La vieillesse n'est déjà plus éloignée de
moi; mais je ne la redoute pas, puisqu'elle
sera entourée du respect et de la tendresse
de mes enfans. Enfin, lorsqu'il plaira au Seigneur de me rappeler à lui, j'obéirai et me
résignerai sans terreur. Ce Dieu qui m'a
sauvé pour ce monde n'a pas voulu me perdre pour l'éternité. Je me confie en sa miséricorde et en sa bonté pour l'autre vie, comme
je compte sur sa providence pour celle-ci. Il
a tout accordé ici-bas à mon repentir, et s'il
m'a ramené au bien, je dois espérer qu'il ne
me confondra pas avec ceux qui persévèrent
dans le crime. Lorsqu'il l'ordonnera, je quit-
terai la terre, j'irai avec confiance rejoindre
mon père et ma mère et attendre ma femme
et mes enfans. O mes amis, que mon exemple
ne soit pas perdu pour vous, car il dépend
de vous d'obtenir le même bonheur pendant

votre vie, et d'envisager aussi la mort sans crainte.

Il me reste maintenant, pour accomplir la tâche que j'ai entreprise, à vous apprendre quel fut le sort d'un homme qui a joué un grand rôle dans cette histoire; je veux parler du malheureux Maurice.

J'avais raconté en détail à ma femme toutes mes aventures, et depuis, je lui parlais souvent de cet infortuné compagnon de mon enfance, auquel je n'avais pas cessé de prendre un bien sincère intérêt. L'endurcissement où je l'avais laissé me causait une profonde compassion et une véritable douleur. Hélas! je ne pouvais plus que prier pour lui, mais je le faisais chaque jour et de tout mon cœur. Maurice se rendait indigne pendant ce temps-là d'obtenir la grâce du ciel, et le ciel ne daigna point exaucer mes vœux.

Un soir que toute la famille était réunie chez moi, nous faisions notre lecture accoutumée après le dîner, lorsque tout à coup Hélène s'interrompit en me disant: « Écoute! » Je prête l'oreille, et j'entends distinctement ces mots, que criait un homme dans la rue'

à quelque distance de la maison : « Jugement
» rendu par le tribunal criminel de Rouen,
» qui condamne à la peine de mort le nommé
» Maurice Robineau...... » Je n'en écoutai
pas davantage, et j'envoyai bien vite acheter
ce funeste papier. Nous le lûmes ensemble,
et voici ce qu'il nous apprit; ce sont les
seuls détails que j'aie pu avoir sur la vie de
Maurice, depuis ma délivrance jusqu'à sa fin
tragique.

Le malheureux Maurice, pendant tout le
temps de sa captivité, persista opiniâtrément
dans ses horribles dispositions. Rien ne fut
capable d'émouvoir son cœur, de lui inspirer
un mouvement de repentir, ni de dessiller
ses yeux, si profondément aveuglés. Un imperturbable sang-froid était son état habi-
tuel, et s'il en sortait quelquefois, c'était
pour se livrer à une colère désespérée et
pour proférer d'odieux blasphèmes. Il attira
sur lui, par cette conduite, une surveillance
sévère, des mesures rigoureuses et parfois de
pénibles châtimens. Enfin, il vit arriver le
terme de sa détention, et manifesta en ce

moment une joie féroce, comme s'il eût voulu dire : « Je vais donc pouvoir me venger ! »

Il se livra en effet à une nouvelle série de crimes, dont il avait conçu le plan en prison, mais dont les circonstances ne m'ont jamais été connues. Pendant quelque temps, il réussit à se soustraire à la surveillance de la police, en changeant de lieu fréquemment, et en employant toutes les ressources que la ruse et l'audace peuvent suggérer à un scélérat consommé. Dieu, voyant son endurcissement, permettait sans doute qu'il échappât, afin de lui donner le temps de mériter le dernier des châtimens humains, après lequel il faut comparaître devant le tribunal tout-puissant.

Le dernier forfait de Maurice fut l'incendie d'une ferme en Normandie. Il le commit pour exécuter un vol à la faveur du désordre, mais il ne réussit point. Il fut reconnu, arrêté, jugé à Rouen, et condamné à la peine capitale.

Il s'était, jusqu'au moment fatal, bercé d'un espoir fondé sur son effronterie et ses dénégations; mais à l'instant où il entendit

prononcer l'irrévocable arrêt, on vit s'évanouir toute cette audace et ce courage artifi-
ciels, qui avaient peut-être ébranlé un moment
la conviction des juges. Il est une fermeté
que rien ne peut abattre, qui résiste aux
coups les plus terrassans, et qui fait tête
avec dignité aux plus grands malheurs ; mais
cette fermeté n'appartient qu'à la vertu, et
ne saurait être le partage du crime. Celui-ci
n'a rien à opposer aux arrêts de la justice
qu'une insolence révoltante ou un ignoble
abattement. Tel fut Maurice, lorsque le mot
terrible de mort frappa son oreille. Il ne
resta plus une ombre de force à cet homme
naguère si impudent, qui osait braver la
justice du ciel et de la terre, et il descendit
à un état de stupeur qui le rendit également
digne de pitié, de mépris et d'indignation.
Reconduit à son cachot, il se livra au plus
affreux désespoir. Sa raison était troublée et
ses idées confuses. On rapporte qu'il prononçait des phrases, des mots sans suite, inin-
telligibles pour ceux qui pouvaient les entendre, mais dont le sens ne le fut pas pour
moi. « Mort! disait-il ; mort..... repentir!....

Il n'est plus temps..... enfer!...... éternité!.....
Il me l'a dit...... Malheureux prophète! il
me l'a dit....... Poursuis ta carrière; tu es
arrivé : l'échafaud est dressé, les bourreaux
sont prêts; plus de pardon; repens-toi, repens-toi pour l'éternité...... Ta tête roule......
ta tête roule...... oui, oui, il me l'a dit! J'é-
tais sourd!..... Hâtez-vous, hâtez-vous; déli-
vrez-moi..... Non, non, je ne puis mourir!...
je ne mourrai pas, je ne puis m'y résoudre....
Les voici, ils viennent me saisir..... Oui,
voilà l'échafaud!... quel horrible couteau!...
quelle voix me parle?..... Dieu, Dieu..... Qui
me menace?.... Où vais-je? ou m'entraîne-
t-on?.... Ah! je succombe. »

Tel était son délire, et il retombait dans
un abattement avant-coureur de la mort.

Le quatrième jour était celui du supplice.
Maurice, presque expirant, fut revêtu de la
robe fatale et placé sur l'ignominieuse charrette qui devait le transporter. Un concours
prodigieux de peuple remplissait les rues par
où on le fit passer. Un prêtre, (ô vénérable
et apostolique ministère!) un prêtre, placé à
ses côtés sur le char d'infamie, présentant

au criminel l'image du Christ crucifié, s'efforçait de faire entendre à cet infortuné des paroles de miséricorde et d'espérance. Hélas! il n'obtint qu'un morne et sombre silence, et le peuple qui le voyait poussait des cris d'indignation. Arrivé au lieu du supplice, à la vue de l'instrument de mort, le patient se réveilla soudain de cette espèce de léthargie, se leva avec effroi et jeta un cri d'horreur. «Non, non,» répétait-il d'une voix effrayante; et il s'attacha à la charrette qui l'avait apporté, d'où il fallut l'enlever de force. Comme on l'entraînait, il saisit un des poteaux de l'échafaud, et l'embrassa avec une nouvelle vigueur. On le contraignit à monter les marches redoutables sur lesquelles il voulait se précipiter. Tout à coup il se jette sur le bourreau et menace de l'étouffer dans ses bras nerveux, auxquels le désespoir donnait une puissance extraordinaire. Pendant ce temps sa bouche écumait et laissait échapper des mugissemens et des blasphèmes. Mais deux hommes vigoureux s'emparent de lui; en un instant il est lié, et le fer vengeur tombe sur sa tête.

Détournons nos regards de ce hideux et déplorable tableau ; il renouvelle, en vous les retraçant, les sentimens d'horreur e t de pitié dont il pénétra mon âme lorsque j'en eus connaissance. O mes amis, comme il me fit vivement sentir tout ce dont j'étais redevable à cette religion qui m'avait sauvé d'un sort tel que celui de Maurice, et me promettait un avenir si différent ! Ai-je besoin de vous dire les réflexions que me suggéra une semblable comparaison, et ne les faites-vous pas vous-mêmes ? Ma tâche est remplie. Vous connaissez maintenant l'histoire de ma vie. Je ne la raconterai plus, mais je ferai des vœux pour qu'elle puisse contribuer à vous inspirer la crainte et l'amour de Dieu, la charité pour votre prochain, le repentir des fautes que vous pouvez avoir commises, l'espérance pour cette vie et pour l'autre, enfin le désir de ne jamais vous écarter de la route de la vertu, ou celui d'y rentrer si vous avez eu le malheur de vous égarer.

CONCLUSION.

Cette soirée fut la dernière ; le récit d'Antoine était terminé. Il devint pour long-temps un sujet de méditation et d'entretien pour ceux qui y avaient assisté. J'étais de ce nombre, et la résolution que j'ai prise de l'écrire pour en conserver le souvenir prouve assez l'intérêt qu'il m'inspira. Quelle leçon, me disais-je chaque jour en y songeant ! il serait bien fâcheux qu'elle ne fût offerte qu'au petit nombre de personnes qui y étaient présentes avec moi. J'avais écouté avec tant d'attention qu'il m'a été facile de retracer les paroles du narrateur, et je les lègue à mes concitoyens comme un témoignage de mon amour pour eux. O vous qui me lirez, méditez, je vous en conjure, l'exemple qui vous est présenté ; voyez-y combien facilement on peut être entraîné dans le chemin du vice, si l'on ne s'appuie sur cette religion dans laquelle est toute notre force ; contemplez le bonheur que pro-

cure la vertu et les douces espérances qui
l'accompagnent; contemplez quel sort est réservé au crime, et songez que ce sort est iné-
vitable. Mais si je pouvais espérer que ce livre
pénétrât jusque dans les tristes demeures où
la société relègue ses membres coupables;
s'il pouvait tomber entre les mains d'un pécheur repentant..... Ah! qu'il serve à l'encourager, en lui montrant tout ce qui lui
peut être encore réservé dans l'avenir, tout
ce qu'il dépend de lui d'obtenir avec le secours
de Dieu et par de courageux efforts. Qu'il lui
apprenne qu'il n'est pas trop tard pour se repentir; que le Seigneur lui tend les bras; que
les hommes ne désirent que sa conversion :
qu'il lui apprenne que la prière soulagera ses
maux et ramènera l'espérance dans son cœur.
Infortunés! ne vous laissez point abattre; mais
imitez la piété d'Antoine et sa conduite laborieuse et ferme : vous voyez quel en a été le
prix; il jouit encore aujourd'hui d'un bonheur paisible et pur au sein d'une famille qui
le chérit; il possède l'estime de ses semblables : c'est le même prix qui couronnera vos
efforts.

Et vous, coupables endurcis, si cet écrit peut tomber sous vos yeux, lisez! frémissez à la vue du sort et de la fin tragique qui vous menacent. Puissent les derniers momens du criminel impie et de l'incorrigible Maurice faire dresser vos cheveux et vous causer une salutaire horreur! Malheureux! ouvrez les yeux et ne fermez pas vos oreilles; il suffit d'un retour sur vous-mêmes pour vous sauver; qu'un mouvement de repentir agite votre cœur, l'espérance et le courage y rentreront bientôt.

O mon Dieu! daignez bénir ces pages où votre clémence est annoncé. Oh! si je pouvais être une seule fois au moins l'instrument de votre miséricorde, si j'étais assez heureux pour contribuer à la conversion d'un seul coupable, toute ma vie serait embellie par un souvenir si précieux, par une si consolante pensée!

FIN.

TABLE

DES MATIÈRES.

PAGES.

INTRODUCTION   1
Fête d'Antoine ; tableau de la famille ; Antoine promet de raconter l'histoire de sa vie.

PREMIÈRE SOIRÉE.   8
Premières années et premiers crimes d'Antoine ; dangers d'une mauvaise liaison.

DEUXIÈME SOIRÉE.   16
Antoine entraîné par Maurice abandonne son père, devient voleur de profession et valet de voleur.

TROISIÈME SOIRÉE.   24
Nouveaux crimes des deux compagnons ; Antoine est trompé et abandonné par Maurice ; il est arrêté.

QUATRIÈME SOIRÉE.   34
Déplorable situation d'Antoine ; son procès ; un témoin perfide dépose contre lui.

CINQUIÈME SOIRÉE.   42
Antoine est transféré dans une maison de détention ; sa douleur ; ses réflexions ; il assiste à un sermon.

PAGES.

SIXIÈME SOIRÉE............... 51
Sermon de l'aumônier de la prison.

SEPTIÈME SOIRÉE........... 53
Première prière d'Antoine; effet qu'elle produit;
  commencement de conversion ; entretien
  avec l'aumônier.

HUITIÈME SOIRÉE........... 68
Occupations d'Antoine dans sa prison; nouvelle
  conduite ; tableau des prisonniers.

NEUVIÈME SOIRÉE........... 69
Histoire de Jacques ; conséquences de l'endurcissement; pouvoir d'un bon exemple.

DIXIÈME SOIRÉE............ 80
Espérance conçue par Antoine ; il persévère ;
  il obtient une fonction ; apparition d'un nouveau personnage.

ONZIÈME SOIRÉE............ 98
Histoire du jeune André et de sa mère ; remords
  d'un cœur maternel ; piété filiale ; pouvoir
  de la religion.

DOUZIÈME SOIRÉE..............109
Fin de l'histoire de Jacques ; l'infirmerie ; le pécheur repentant et le coupable endurci.

TREIZIÈME SOIRÉE...........119
Suite de l'histoire du jeune André ; il sort de
  prison ; Maurice reparaît.

QUATORZIÈME SOIRÉE........130
Récit des crimes de Maurice ; ses funestes
  dispositions.

AAGES.

QUINZIÈME SOIRÉE...........140
Discours énergiques et vains efforts d'Antoine
pour la conversion de Maurice; Antoine
reçoit sa grâce.

SEIZIÈME SOIRÉE...........151
Derniers conseils de l'aumônier aux détenus
graciés; Antoine sort de prison.

DIX-SEPTIÈME SOIRÉE.......161
Antoine va à la recherche de son père, et arrive à temps pour recevoir sa bénédiction.

DIX-HUITIÈME SOIRÉE........171
Antoine trouve un protecteur; histoire de Brémont; tableau d'une famille vertueuse et
heureuse.

DIX-NEUVIÈME SOIRÉE........181
Antoine est amoureux; ses craintes; il devient
maître de maison; fin de l'histoire du jeune
André.

VINGTIÈME SOIRÉE..........185
Promenade champêtre; parabole de l'enfant
prodigue; craintes d'Antoine dissipées.

VINGT-UNIÈME ET DERNIÈRE SOIRÉE. 187
Mariage d'Antoine; fin tragique de Maurice;
le récit d'Antoine est terminé.

CONCLUSION.............219

FIN DE LA TABLE DES MATIÈRES.

www.ingramcontent.com/pod-product-compliance
Lightning Source LLC
Chambersburg PA
CBHW061456030726
47503CB00005B/1737